EVERYTHING
IS FINE

EVERYTHING IS FINE

MIKE BIRCHALL

Everything is Fine vol.1

Based on the webcomic series « Everything is Fine » edited and published by WEBTOON.

Dépôt légal à parution
ISBN 978-2-37717-530-7

Directeur de collection : Yves Huchez

Traduction : Guillaume Draelants
Correction : Fox, Tadpole & Owl
Conception graphique : Prédatorias
Adaptation graphique et lettrage : LBH
Achevé d'imprimer en France par SEPEC en juin 2023 - 25827230501

PEFC 10-31-1470

TABLE DES MATIÈRES

AVERTISSEMENT :

Ce livre est une bande dessinée d'horreur. Il contient des thèmes matures, des images de suicide et des scènes violentes. Il n'est pas conseillé pour un jeune lectorat.

2:59
2:59
2:60
BEEP
BEEP
BEEP

CLIK
2:60
AH, QUELLE BELLE JOURNÉE !
⇒SNIFF⇐ ⇒SNIFF⇐ SERAIT-CE DU BACON QUE JE SENS ?
LE SOLEIL BRILLE,
LES OISEAUX CHANTENT...

ET AUJOURD'HUI, COMME CHAQUE JOUR,
EVERYTHING IS FINE*
*Tout va bien

PARTIE UNE

LE NOUVEAU POUR TOUJOURS

BONJOUR, MAGGIE !
TU FAIS DU BACON AU PETIT DÉJEUNER ?
MAGGIE ?
EST-CE QUE ÇA BRÛLE, CHÉRIE ?

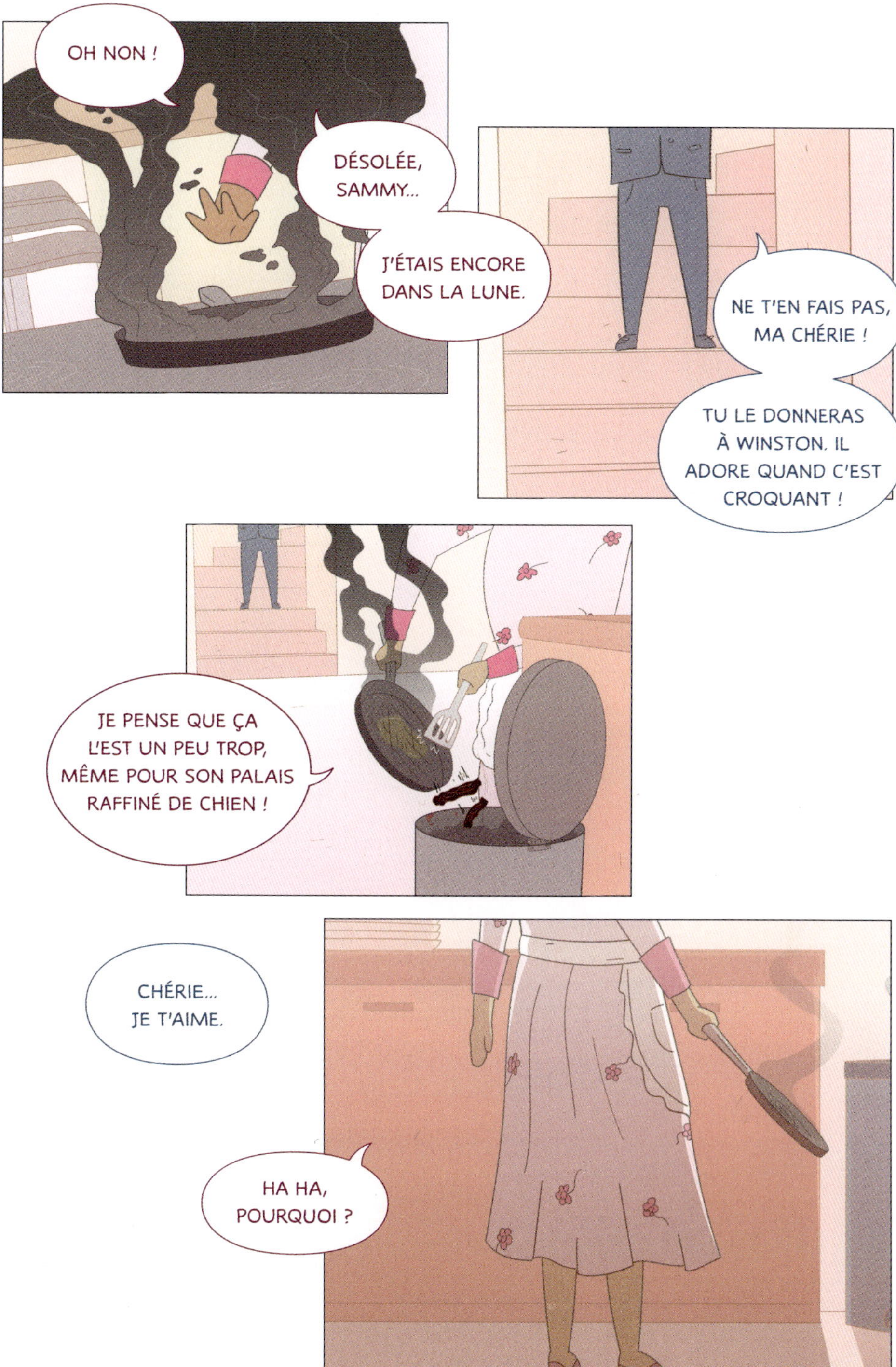
OH NON !
DÉSOLÉE, SAMMY...
J'ÉTAIS ENCORE DANS LA LUNE.
NE T'EN FAIS PAS, MA CHÉRIE !
TU LE DONNERAS À WINSTON. IL ADORE QUAND C'EST CROQUANT !
JE PENSE QUE ÇA L'EST UN PEU TROP, MÊME POUR SON PALAIS RAFFINÉ DE CHIEN !
CHÉRIE... JE T'AIME.
HA HA, POURQUOI ?

PARCE QUE J'AI BRÛLÉ TON PETIT DÉJEUNER ?

NON, PARCE QUE TU ME LE PRÉPARAIS.
TU ES TROP GENTILLE AVEC MOI, JE NE TE MÉRITE PAS.

MAIS NON, C'EST TOI QUI ES TROP GENTIL.
ON VA SE RABATTRE SUR DES CÉRÉALES, AUJOURD'HUI.
TU AS UNE GROSSE JOURNÉE ?
OH QUE OUI !
JOHNSON ME FAIT REVÉRIFIER LES COMPTES DE L'ANNÉE PASSÉE.
MILK
ENCORE ?
JE CROYAIS QUE TU DEVAIS L'ENVOYER PAÎTRE.
MILK
CLINK
CLINK
CLINK
JE SAIS, JE SAIS...
MAIS JE DOIS JOUER LE JEU SI JE VEUX CETTE PROMOTION.

HMM.
QU'Y A-T-IL ?
JE ME DEMANDE JUSTE SI JOUER LE JEU EST LE MEILLEUR MOYEN.
CHÉRIE, JE...
TU PEUX JOUER À LA ROULETTE AUTANT QUE TU VEUX, MAIS EN FIN DE COMPTE,
QUI GÈRE LE CASINO ?
CHÉRIE, TU SAIS BIEN QUE JE NE JOUE PAS !
QUE TU ES BÊTE.
JE N'AI MÊME JAMAIS JOUÉ AU LOTO.

HA HA, OUI.
C'EST VRAI.
QUELLE BELLE JOURNÉE.
ALLEZ, J'Y VAIS.
ATTENDS.

N'OUBLIE PAS TON DÉJEUNER !
≑MOUAH≑
MERCI, MA PUCE !
PASSE UNE TRÈS BELLE JOURNÉE !
SAM.
OUI, CHÉRIE ?

ON DOIT OUBLIER.
TU LE SAIS AUSSI BIEN QUE MOI.
MAIS...
ÇA SUFFIT.

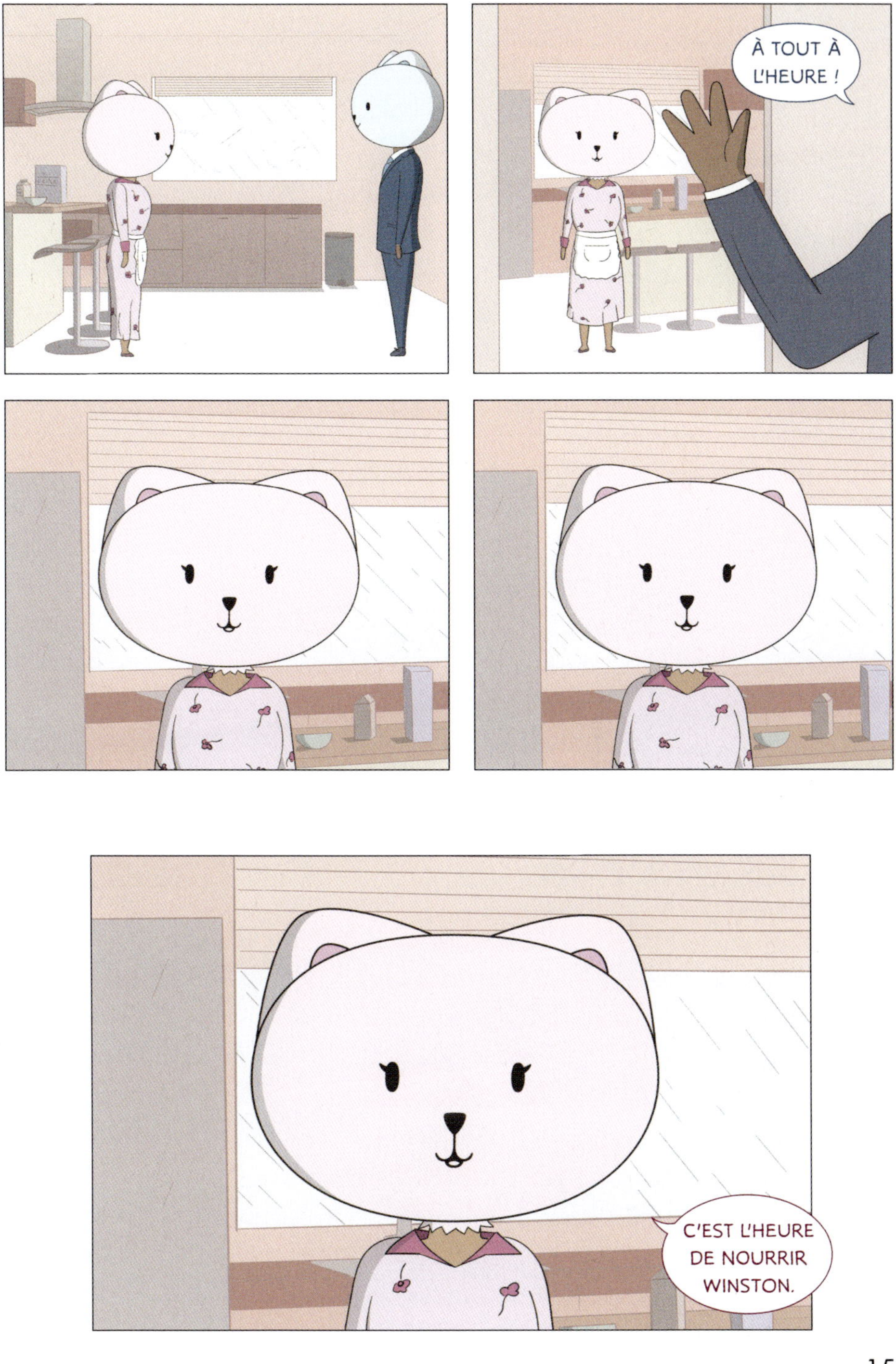
À TOUT À L'HEURE !
C'EST L'HEURE DE NOURRIR WINSTON.

WINSTO
WINSTO
WINSTON
PI
DOG
DOG FO
DO
WINSTO

WIIINSTON !
WINSTON
WINSTON !
VIENS MANGER, MON CHIEN !
SOUPIR

IL NE DOIT PAS AVOIR FAIM.
QUELLE SURPRISE.
OUPS.
SMASH!

MINCE.

WIIINSTON,
VIENS
NETTOYER ÇA.

WINSTON...
BZZZZZZZZ
VIENS ICI, PÉPÈRE.

PARTIE DEUX

BALANÇOIRE et TOURNIQUET

CREEEK
CREEEK

BZZZZT
BZZZZT
BZZZZZZZT
Sam
HÉ, SAMMY-CHOU !
ÇA VA, ÇA VA. JE SUIS AU PARC.
NON, C'EST JUSTE...
J'AIME BIEN ÊTRE ICI.
O-OUI, TU AS RAISON.
EXCUSE-MOI.

JE T'AIME AUSSI.
CLIK

ACHÈTE-TOUT
ALIMENTATION
R - T
TOFU
TOMATES
THON
ツナ
RAVES
HEIN ?
THON
ツナ
ツナ

HÉ !
ACHÈTE-TOUT
ALIMENTATION
R - T
C'EST QUOI ?

AAAH !
OH, SALUT, CHARLIE.
TU M'AS FAIT PEUR !
EXCUSE-MOI. QU'EST-CE QUE C'EST ?
ÇA ? C'EST... DU THON.
PLEIN DE BONNES CHOSES DONT LES POISSONS ONT LE SECRET ! HA HA.
DU THON ?
ON DIRAIT PLUTÔT...

OUI, DU THON TOUT BON ! SINON, COMMENT TU VAS, CHARLIE ?
ON NE T'A PAS VU DEPUIS UN MOMENT DANS LE QUARTIER.
TOUT VA BIEN ?
ALIMENTATION N-Q
ACHÈTE-TOUT
ALIMENTATIO
R-T
« BIEN » ?

JE VEUX DIRE...
JE DOIS Y ALLER. PASSE UNE BONNE JOURNÉE.

BIEN LE BONJOUR, VOISINE !

BOB ! LINDA ! COMMENT ALLEZ-VOUS ?

OH, TU SAIS, ON SURVIT !
ET VOUS DEUX ?

PAREIL, ON PEUT DIRE !
ON CONNAÎT LA CHANSON ! TU AS FAIT DES COURSES ?

OUI, JE REVIENS DU MAGASIN !
SUPER, C'EST L'ACHÈTE-TOUT CINQ EN BAS DE LA TREIZIÈME ?
OUI, C'EST LE PLUS PROCHE !
TU L'AS DIT !
HA HA, C'EST VRAI !
DITES, VOUS ÊTES LIBRES DEMAIN, SAM ET TOI ?
BOB ET MOI ORGANISONS UN DÎNER.

C'EST VRAI ? ON SERA RAVIS DE VENIR ! ON APPORTE QUELQUE CHOSE ?
JUSTE VOTRE MEILLEUR APPÉTIT !
HA HA HA HA, LEUR MEILLEUR APPÉTIT ?
LINDA, VRAIMENT, TU ME TUES !
MAIS NON, BOB, JE NE TE TUE PAS. CE N'ÉTAIT QU'UNE BLAGUE !
OUI, OUI, JE PLAISANTE.
BON, EH BIEN... À DEMAIN, ALORS.
VROOOOOOM

SKREEECH
SLAM
OH HÉ, CHARLIE !

SALUT.

OUAH, JE VIENS DE LE CROISER AU MAGASIN.
TU RIGOLES ?
HÉ, CHARLIE ! MAGGIE DIT QU'ELLE T'A CROISÉ AU MAGASIN !

OUAIS.

DIS, CHARLIE,
TU VEUX VENIR MANGER À LA MAISON, DEMAIN SOIR ? ON ADORERAIT T'AVOIR PARMI NOUS !

NON, MERCI.
PARDON ?
⸗SOUPIR⸗
NON, MERCI !
OOH, VRAIMENT ? POURQUOI ? TU AS MIEUX À FAIRE ?
OH, TU SAIS, MES TRAINS...
ALLEZ, NE SOIS PAS BÊTE !
TU VAS VRAIMENT JOUER AVEC TES TRAINS DANS TA CAVE TOUTE LA NUIT ?

DÉSOLÉ, C'EST JUSTE...
NON, MONSIEUR, VOUS NE VOUS EN TIREREZ PAS COMME ÇA !
TES TRAINS SONT VRAIMENT PLUS IMPORTANTS QU'UNE PETITE SOIRÉE ENTRE BONS VOISINS ?
À MOINS QUE TU NE FASSES AUTRE CHOSE DANS CETTE CAVE, HMM ?

D'ACCORD.

ON VA PASSER UNE SUPER SOIRÉE !
YOUHOU ! ON A TOUT LE MONDE, LINDA !
SLAM
AH, CE CHARLIE, QUEL RABAT-JOIE !

PARTIE TROIS

WESTERN SPAGHETTI

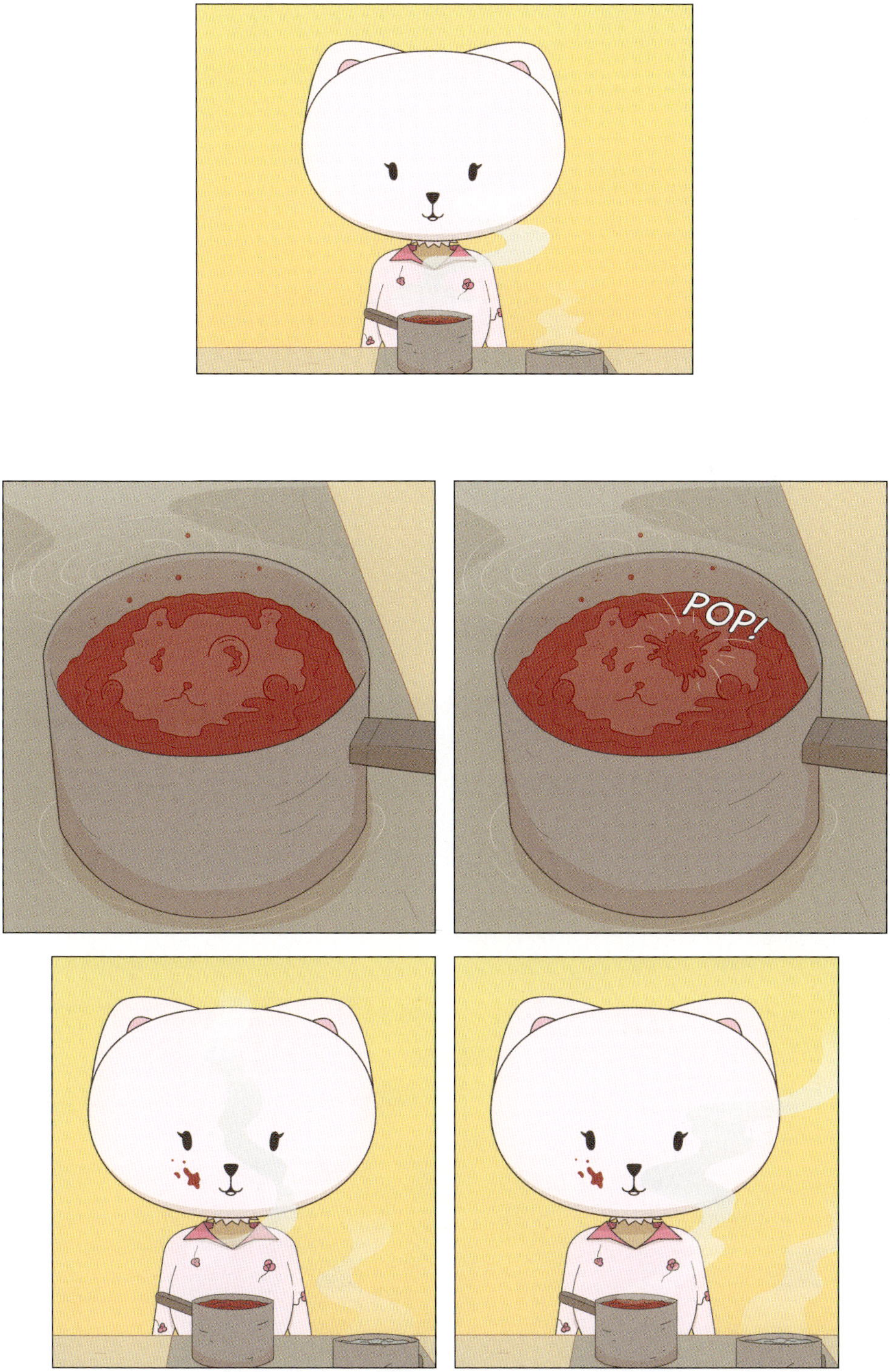
POP!

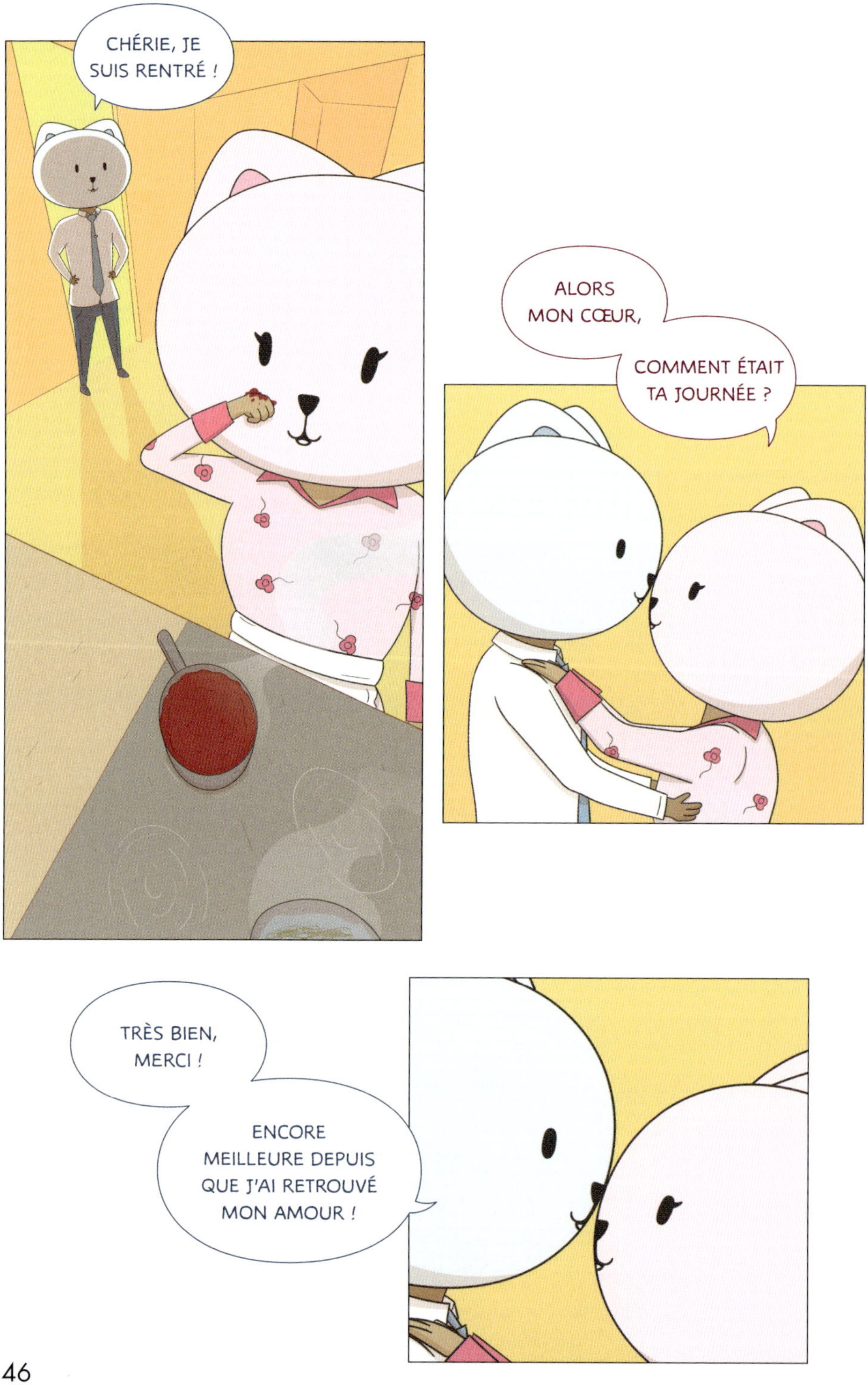
CHÉRIE, JE SUIS RENTRÉ !
ALORS MON CŒUR,
COMMENT ÉTAIT TA JOURNÉE ?
TRÈS BIEN, MERCI !
ENCORE MEILLEURE DEPUIS QUE J'AI RETROUVÉ MON AMOUR !

ET LA TIENNE ?
BIEN AUSSI. LE DÎNER SERA PRÊT DANS CINQ MINUTES !
PARFAIT, JE MEURS DE FAIM !
ALORS, OÙ EST MON CHIEN ?
WINSTON ?
PÉPÈRE ?

IL A L'AIR FATIGUÉ.
ET IL N'A PAS TOUCHÉ SA GAMELLE.
TU DEVRAIS PEUT-ÊTRE L'EMMENER CHEZ LE VÉTO, DEMAIN.
D'ACCORD.

SUPER ! MERCI, MON CŒUR !
OOH, DES SPAGHETTIS ! MIAM !
CHÉRI, TU POURRAIS SORTIR LA POUBELLE AVANT QU'ON MANGE ?
BIEN SÛR !
POISON ANTI RAT

POISO
ANTI RAT

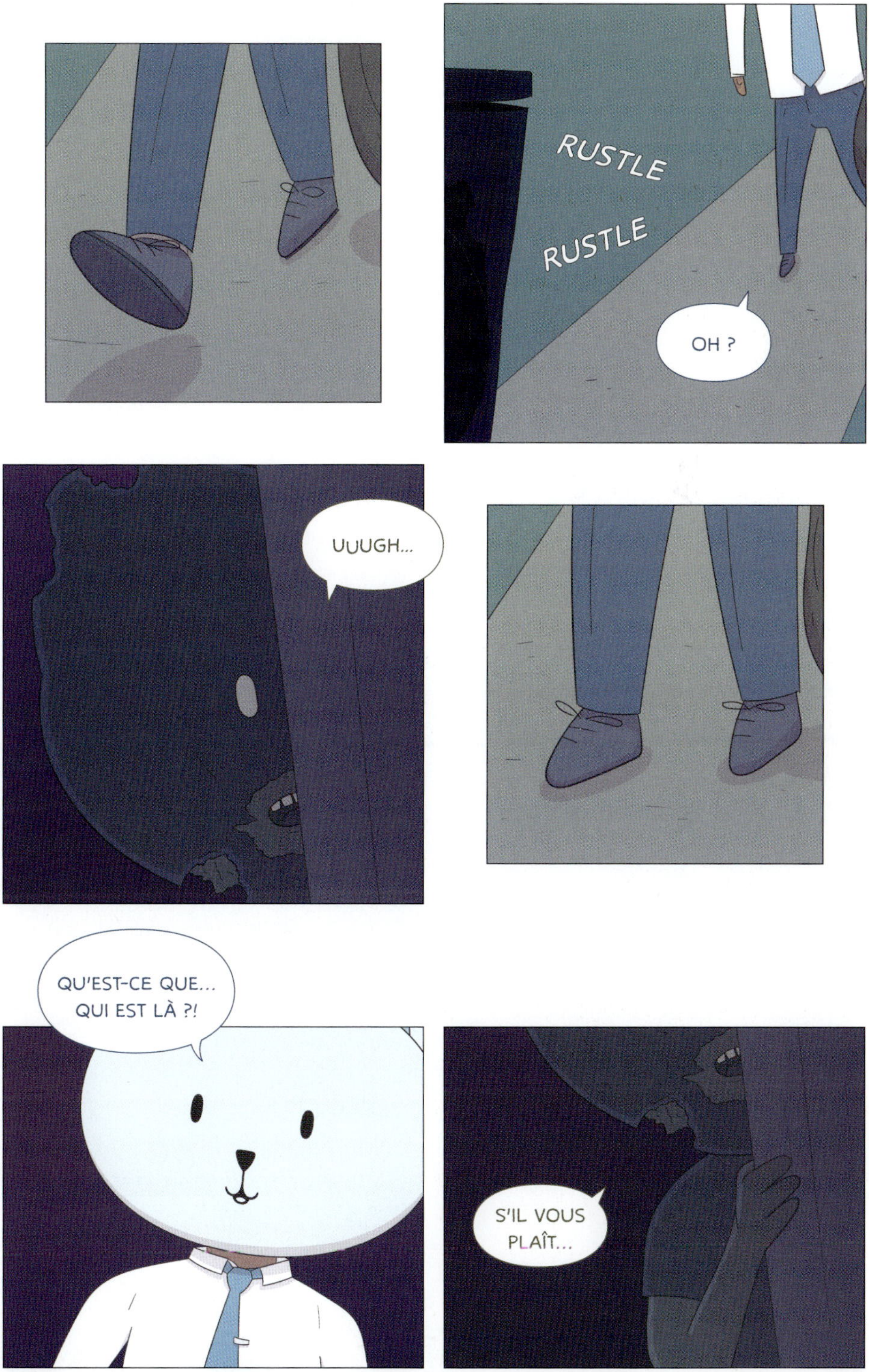
RUSTLE
RUSTLE
OH ?
UUUGH...
QU'EST-CE QUE... QUI EST LÀ ?!
S'IL VOUS PLAÎT...

AIDEZ-MOI...

J'AIMERAIS JUSTE À MANGER.
IL Y A DES RESTES, LÀ-DEDANS ? C'EST EMPOISONNÉ ?
VOUS N'AVEZ RIEN À DIRE.
LAISSEZ JUSTE LE SAC ICI, COMME SI VOUS L'AVIEZ JETÉ.
SLAM

TOUT VA BIEN, CHÉRI ?
OUI, NICKEL.
JE PENSAIS AU BOULOT. JE T'AI RACONTÉ CE QUE M'A DIT JOHNSON ?
NON, QUOI ?
IL ME CONVOQUE DANS SON BUREAU, ET LÀ...
EXCUSEZ-MOI !
VU L'ODEUR, IL Y A DU POISON DANS LE SAC...
JE PEUX AVOIR QUELQUES RESTES ? VOUS MANGEZ DES SPAGHETTIS ?
SI VOUS POUVIEZ EN JETER UN PEU...

S'IL VOUS PLAÎT, JE N'AI PAS MANGÉ DEPUIS DES JOURS.
JE VAIS MOURIR, À CE RYTHME...
PERSONNE NE VEUT M'AIDER.
CHÉRIE, JE CROIS QUE WINSTON VEUT SORTIR.
TU... TU ES SÛR ?
IL A ÉTÉ... CALME, CES DERNIERS JOURS.
JE PENSE QU'IL VEUT SORTIR.

T'AS UNE GROSSE COMMISSION À FAIRE, PÉPÈRE ?
ALLEZ, VIENS. JE VAIS TE PORTER.
HOP LÀ.

JE...
JE T'AIME,
MON CHIEN.

OH, MON DIEU...
UN... UN CHIEN ? ET
PAS EMPOISONNÉ ?
JE SAIS CE QUE
ÇA VEUT DIRE,
MERCI BEAUCOUP.

MUNCH
MUNCH

MUNCH
MUNCH
MUNCH
MUNCH
MUNCH
MUNCH

MUNCH
MUNCH
MUNCH
MUNCH
MUNCH
MUNCH
MUNCH
MUNCH

PARTIE QUATRE
MISE EN PLACE

OOH I SPENT SEVENTEEN DAYS, WAITING FOR MY GIRL TO COME HOOOME...
OH I SPENT SEVENTEEN DAYS, WAITING FOR MY GIRL TO COME HOOOME...
HUUM, HUM, DA DAAA...
AND ON THE SEVENTEENTH DAY, TO MY SURPRISE...

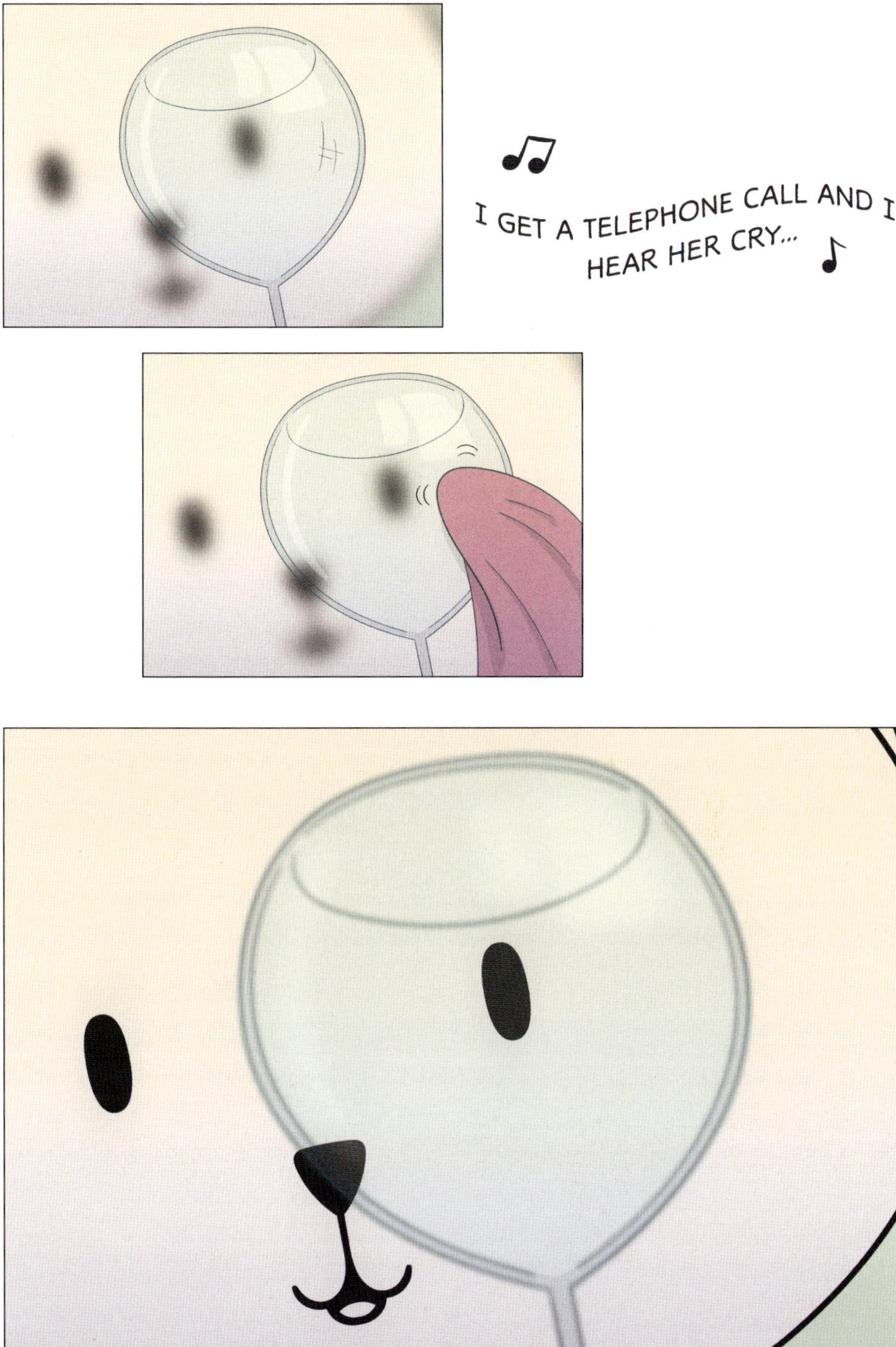
♫
I GET A TELEPHONE CALL AND I
HEAR HER CRY... ♪

♪ SHE SAID TWO WEEKS AN' THREE DAYS AND YOU STILL AIN'T ASKED ME HOME... ♫
PARFAIT.

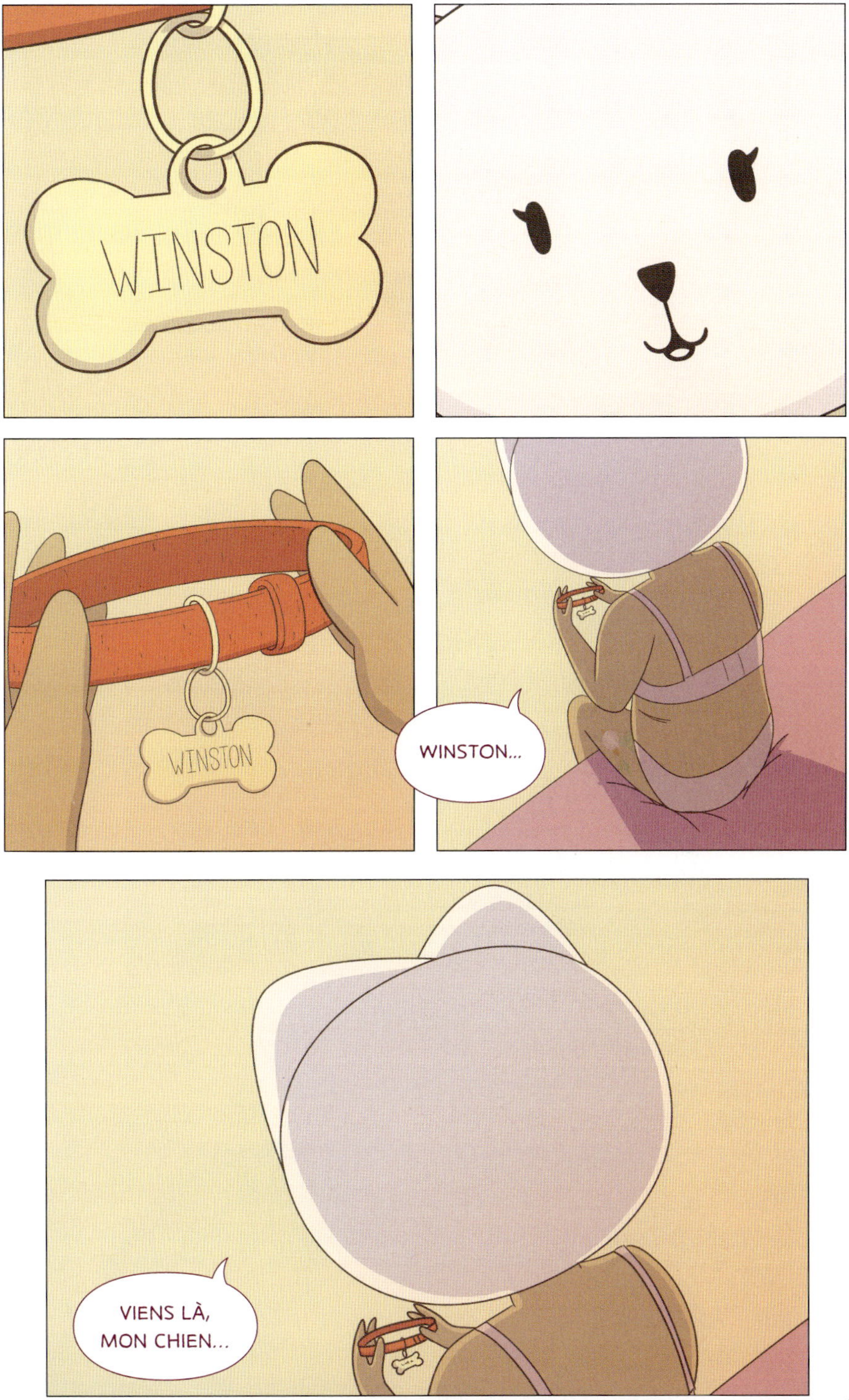
WINSTON
WINSTON
WINSTON...
VIENS LÀ, MON CHIEN...

CHÉRIE !
TU ES BIENTÔT PRÊTE ?
BIENTÔT.
GÉNIAL !
TU AS VU QUE JE T'AVAIS SORTI UNE ROBE ?
JE TROUVE QU'ELLE S'ASSOCIE TRÈS BIEN AVEC MA NOUVELLE CRAVATE.
J'AI VU, OUI. ELLE EST LÀ.
OUAH, CHÉRIE... ELLE...

ELLE EST EN PIÈCES.
JE LA TROUVAIS UN PEU DÉMODÉE.
DÉMO...

TU AS PERDU TA LANGUE, SAMMY ?
CHÉRIE, QUAND MÊME...
POUR BOB ET LINDA ? ON VA JUSTE DÎNER.
TU FERMES MA ROBE ?

ÇA FAIT LONGTEMPS, PAS VRAI, SAMMY ?

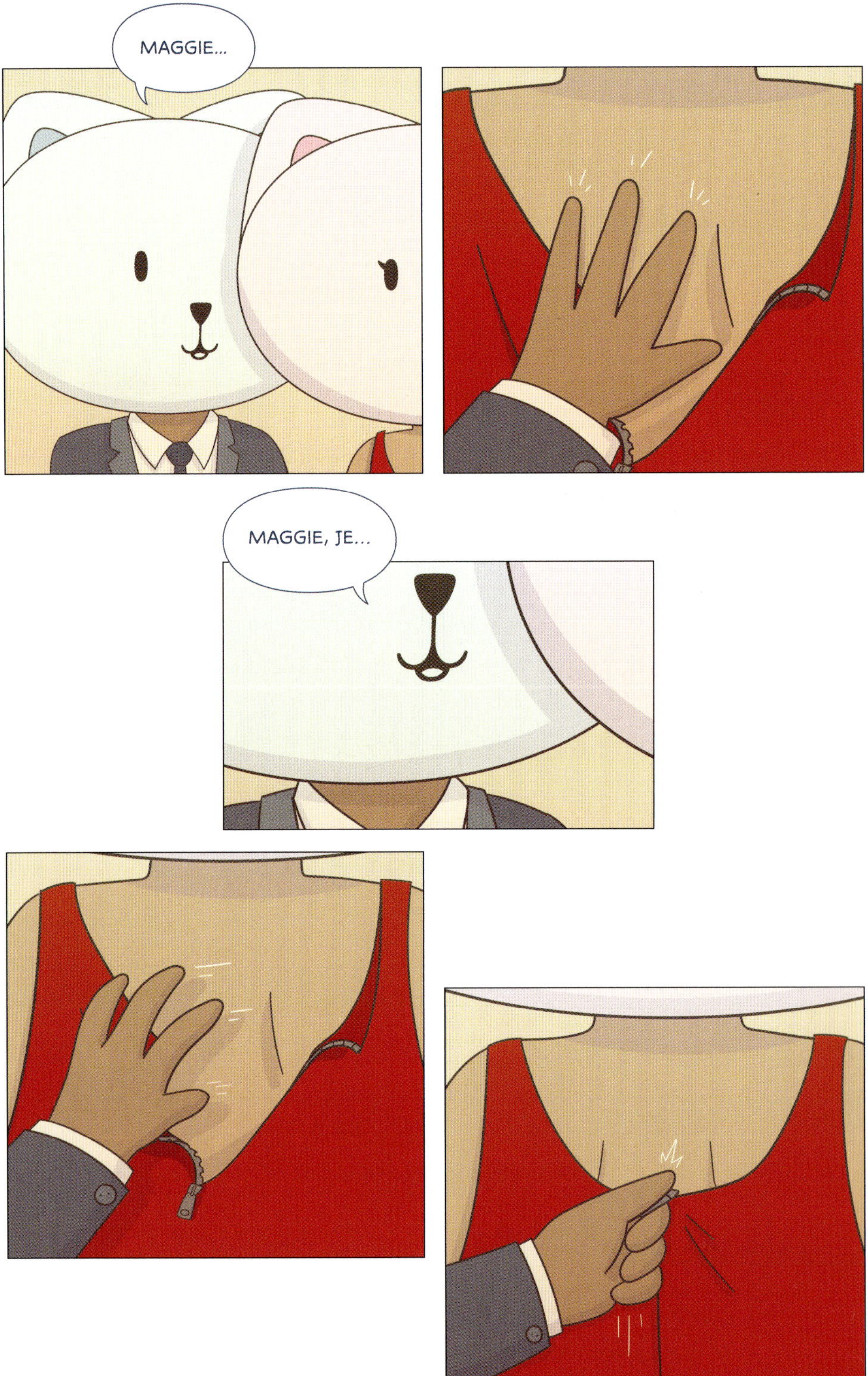
MAGGIE...
MAGGIE, JE...

OUAIS. ÇA FAIT TRÈS, TRÈS LONGTEMPS...
CHÉRIE...
ELLE... NE VA PAS AVEC MA CRAVATE.

ALORS ACHÈTE UNE NOUVELLE CRAVATE.

TU ES PRÊT, CHÉRI ?
ARCHI PRÊT ! JE REGARDE JUSTE CE MAGNIFIQUE COUCHER DE SOLEIL.
L'ODEUR EST PRENANTE.
C'EST VRAI QU'IL EST BEAU.
LE PLAT EST AU FOUR. TU PEUX GARDER UN ŒIL DESSUS PENDANT QUE JE M'APPRÊTE ?
BIEN SÛR, MA PUCE !
AH, BOBBY.
OUI ?

ON S'EN TIENT AU PLAN ?
HUM ? AH, OUI. J'Y COMPTE BIEN !
PARFAIT.

ALUMINIUM
MINIUM
NIUM

SAM ! MAGGIE !
VOUS VOILÀ ! VOUS N'AVEZ PAS EU DE MAL À TROUVER ?

HÉ, BOB !
T'IMAGINES MÊME PAS, C'ÉTAIT UN CAUCHEMAR SUR LA ROUTE !

QUOI ?
VRAIMENT ?
MH, NON, BOB...
ON HABITE
À CÔTÉ.
JE CROYAIS
QU'ON...
JE T'AI EU !
PETIT
MALIN !

HA HA. ALLEZ, ENTREZ.
MAGGIE, TU ES ABSOLUMENT RAVISSANTE !
SAM, DIS-MOI, C'EST TROP TARD POUR ÉCHANGER ?
HÉ LÀ ! C'EST LA MIENNE !
D'ACCORD, MONSIEUR, ELLE EST À VOUS !
CEPENDANT, ET CELA ME GÊNE DE L'ADMETTRE, IL PEUT FAIRE UN PEU FROID, CHEZ NOUS.
MAGGIE, JE CROIS QUE LINDA DOIT AVOIR QUELQUE CHOSE À TE PRÊTER POUR TE COUVRIR.

NON MERCI, BOB. ÇA IRA.
TU ES SÛRE ? ÇA NE DÉRANGE PAS.
SAM, TU PEUX PEUT-ÊTRE CONVAINCRE MADAME.
AH OUI ? VAS-Y, SAM.
CONVAINCS-MOI.

ÇA IRA, BOB. MERCI.
EN PARLANT DE LINDA, OÙ SE TROUVE LA MAÎTRESSE DE MAISON ?
J'AI LES OREILLES QUI SIIIFFLENT !
BONSOIR, VOUS DEUX !
LINDA ! COMMENT VAS-TU ?
MIEUX QUE JE NE LE MÉRITE ! ET VOUS ?
OH, TU NOUS CONNAIS. TOUJOURS DANS LES ENNUIS !

HA HA, COMME TOUJOURS ! ET COMMENT VA WINSTON ?
WINSTON ? OH, EUH… IL…
IL S'EST FAIT BOUFFER.
OUH LÀ ! CE QU'ELLE VEUT DIRE, C'EST QUE…
OH, MAIS JE COMPRENDS TRÈS BIEN.

IL EST SI ADORABLE QUE VOUS AVEZ ENVIE DE LE MANGER ! HA HA ! C'EST ÇA ?
HA HA ! TOUT À FAIT !
D'AILLEURS, TU ES TRÈS BELLE CE SOIR, LINDA.
MERCI, SAM, TU N'ES PAS MAL NON PLUS !
QUANT À TOI, MAGGIE, CETTE ROBE EST SUPERBE !
J'AIMERAIS NE PAS AVOIR HONTE DE ME DÉVOILER COMME ÇA !
LINDA, EST-CE QUE JE T'AI DÉJÀ DIT...
QU'ELLE EST ASSOIFFÉE ?!
HA HA, ET SI NOUS PRENIONS UN VERRE ?

MAIS OÙ SONT MES MANIÈRES ? QU'EST-CE QUE JE PEUX VOUS SERVIR ?

DE LA VODKA.
DEUX VERRES DE TA MEILLEURE EAU !

J'ARRIVE TOUT DE SUITE !
JE VIENS T'AIDER, MA LINDY !

MAGGIE, ÉCOUTE-MOI.
JE SAIS QUE CE QUI S'EST PASSÉ AVEC WINSTON A ÉTÉ... DIFFICILE.
ÇA L'ÉTAIT POUR MOI AUSSI,
MAIS J'AI BESOIN QUE TU TIENNES. JE T'EN PRIE.
POUR ELLE.
D'ACCORD.
POUR ELLE.
MERCI.

HA HA
HA HA HA
HA
HA
MAIS NON, TU RIGOLES ?!
JE TE JURE ! ET IL ÉTAIT ENCORE SUR MON BUREAU LE LENDEMAIN !
MINCE, ALORS !
ÇA ME RAPPELLE CETTE FOIS OÙ J'ÉTAIS AVEC LINDA DANS CETTE QUINCAILLERIE...
BOB, S'IL TE PLAÎT !
OH, ALLEZ, C'EST UNE CHOUETTE HISTOIRE !

BREF, ON ÉTAIT DANS CETTE QUINCAILLERIE DANS LE TREIZE-B…
CELLE À CÔTÉ DE LA QUATRIÈME GRANDE ROUTE ?
OUI, CELLE-LÀ !
NON, BOB, C'ÉTAIT DANS LE QUINZE-D !
AVEC LE GRAND PARKING !
OUI, À CÔTÉ DE LA QUATRIÈME ROUTE !
PRÈS DE LA CASERNE DE POMPIERS ?
AH OUI ! ENTRE LA CASERNE ET LA FABRIQUE D'ART.
NON, CELLE-LÀ EST DANS LE TREIZE-B. ON PARLE DE CELLE DANS LE QUINZE-D.
OH, PEU IMPORTE ! BREF, ON ÉTAIT LÀ-DEDANS,
DANS LE TREIZE-B…
DING-DONG

ÇA DOIT ÊTRE CHARLIE ! JE VAIS LUI OUVRIR.
BONSOIR, MONSIEUR LE RETARDATAIRE ! COMMENT VAS-TU, CHARLIE ?
SALUT, LINDA. ÇA VA, MERCI.
CHARLIE !
SALUT.

C'ÉTAIT PAS LA PEINE DE TE FAIRE TOUT BEAU !
JE L'AI PAS FAIT.
JE VOIS BIEN ! JE TE CHARRIE.
ENTRE, ASSIEDS-TOI !
JE TE SERS À BOIRE, CHARLIE ?
DE L'EAU, S'IL TE PLAÎT.
NOTÉ ! QUELQU'UN D'AUTRE ?
OUI, S'IL TE PLAÎT, LINDA !
UN AUTRE VERRE D'EAU POUR MOI. JE CONDUIS POUR RENTRER, TOUT DE MÊME !
TU CONDUIS ? MAIS…

HA HA !! OH LÀ LÀ !!
HA HA HA !!!
IL CONDUIT, QU'IL DIT !!
ALORS QU'IL HABITE À CÔTÉ !!
SAM, FAUT FAIRE DU STAND-UP !
HA HA, C'EST VRAI QUE JE POURRAIS AUSSI APPELER UN TAXI.
UN TAXI ! HA HA HA HA HA HA !
HA HA...

HAHA
HAHAHA
HA
HAHA
HA
HAHAHA
SALUT.
HAHAHAHA
HAHAHA
HAHAHA
SALUT.
HA
HAHA

PARTIE CINQ

DÎNER entre AMIS

FASCINANT !
ET QUAND TU AS BOUGÉ LES BOÎTES AU POINT QUATRE, OÙ VONT-ELLES, ENSUITE ?
QUELQU'UN LES PREND POUR LES EMMENER AU POINT CINQ.
ÇA ALORS ! ET PUIS...
PUIS AU POINT SIX, BOB. ET PUIS AU POINT SEPT, ET PUIS...
BON, JE L'AI JAMAIS VU, MAIS JE SUPPOSE AU POINT HUIT.
JE CONFIRME !
MON DÉPARTEMENT S'OCCUPE DE LA PAPERASSE DU POINT SEPT AU POINT DIX.
MAIS APRÈS ÇA, MYSTÈRE.

BON SANG…
J'AIMERAIS AVOIR UN CHOUETTE TRAVAIL DANS CE GENRE.
QUE FAIS-TU COMME TRAVAIL, BOB ?
VOIS-TU, MAGGIE, JE TRAVAILLE À L'INCINÉRATEUR À BOÎTES.

LE DÎNER EST SERVI !
EH BIEN, LINDY, TU T'ES SURPASSÉE !
ÇA A L'AIR DÉLICIEUX, LINDA !
C'EST MAGNIFIQUE.
MERCI, BOBBY. MERCI, SAM. TOI AUSSI, MAGGIE.
OH ! EUH... MERCI BEAUCOUP, LINDA. ÇA A L'AIR TRÈS BON.

JE T'EN PRIE, CHARLIE !
CE N'EST RIEN DE SPÉCIAL, JUSTE LE DEVOIR D'UNE FEMME AU FOYER.
JE VIENS D'AVOIR UNE IDÉE.
POURQUOI L'UN DE NOS INVITÉS NE FERAIT PAS UNE PETITE DÉCLARATION AVANT QUE NOUS NE MANGIONS ?
MAGGIE, PAR EXEMPLE.
NON MERCI, BOB. ÇA ME GÊNE.
PEUT-ÊTRE QUE SAM, LA TÊTE DE NOTRE MAISON...
CHÉRIE, J'AI BEAU ÊTRE LA TÊTE, TU EN ES LE CŒUR !
VAS-Y, JE T'EN PRIE.

D'ACCORD... EUH...
JE SUIS MAGGIE, DU QUARTIER 147-D.
AVANT D'ENTAMER CE DÉLICIEUX REPAS, JE RESSENS LE BESOIN D'EXPRIMER MA GRATITUDE.
JE REMERCIE MON MARI ET SON ASSIDUITÉ AU TRAVAIL QUI COMBLE NOS BESOINS...

AINSI QUE L'ÉPANOUISSEMENT QUE JE TROUVE DANS MES TÂCHES MÉNAGÈRES.
JE REMERCIE AUSSI LE GOUVERNEMENT QUI NOUS GARDE EN BONNE SANTÉ, NOUS PROTÈGE ET NOUS NOURRIT.
JE SUIS RECONNAISSANTE DES OPPORTUNITÉS QUI M'ONT ÉTÉ DONNÉES POUR AVANCER,
MAIS SURTOUT,
JE SUIS RECONNAISSANTE DE POUVOIR ÊTRE RÉUNIE AVEC... MA FAMILLE ET MES AMIS CHERS.

JE SUIS HEUREUSE COMME JE NE L'AI JAMAIS ÉTÉ.
ON EST HEUREUX COMME ON NE L'A JAMAIS ÉTÉ !

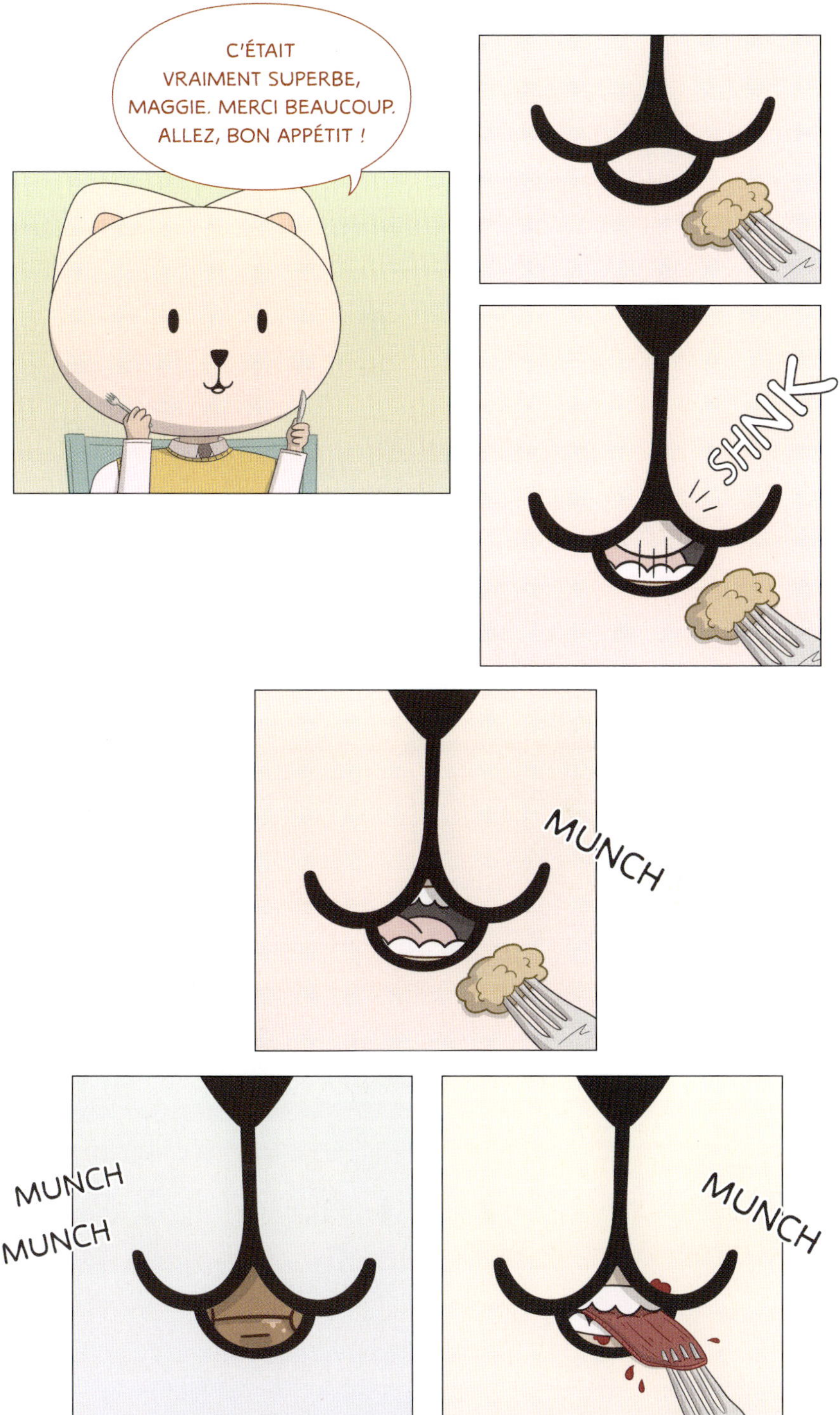
C'ÉTAIT VRAIMENT SUPERBE, MAGGIE. MERCI BEAUCOUP. ALLEZ, BON APPÉTIT !
SHNK
MUNCH
MUNCH
MUNCH
MUNCH

TU SAIS, MAGGIE, CE QUE TU AS DIT SUR TES OPPORTUNITÉS,
JE NE PEUX PAS ÊTRE PLUS D'ACCORD. NOUS DEVRIONS TOUS ÊTRE RECONNAISSANTS D'EN AVOIR !
ET CELA ME FAIT PENSER...
VOUS CONNAISSEZ TOUS LAKEVIEW, JE SUPPOSE ?
LAKEVIEW ? EUH... OUI, BIEN SÛR. C'EST... EUH... LÀ-HAUT, C'EST ÇA ?
TOUT À FAIT, SAM. C'EST UNE PETITE VILLE AU NORD ET IL PARAÎT QU'ELLE EST CHARMANTE !
OUI, C'EST AUSSI CE QU'ON M'A DIT.
UN VIEUX LAC SUR LEQUEL NAVIGUER, DES CABANES EN BOIS ENTOURÉES PAR LA NATURE...

ÇA A L'AIR CHOUETTE ! PAS VRAI, MAGGIE ?
CHOUETTE, C'EST LE MOT.
EN EFFET !
TELLEMENT CHOUETTE QU'ON PENSE À DÉMÉNAGER LÀ-BAS.
VRAIMENT ?
OUI ! C'EST JUSTE QUE... VOUS SAVEZ COMMENT ALLER LÀ-BAS ?
EUH... JE CROIS. EN PARTIE...
ILS NE VEULENT QUE DE BONS CITOYENS, C'EST ÇA ?

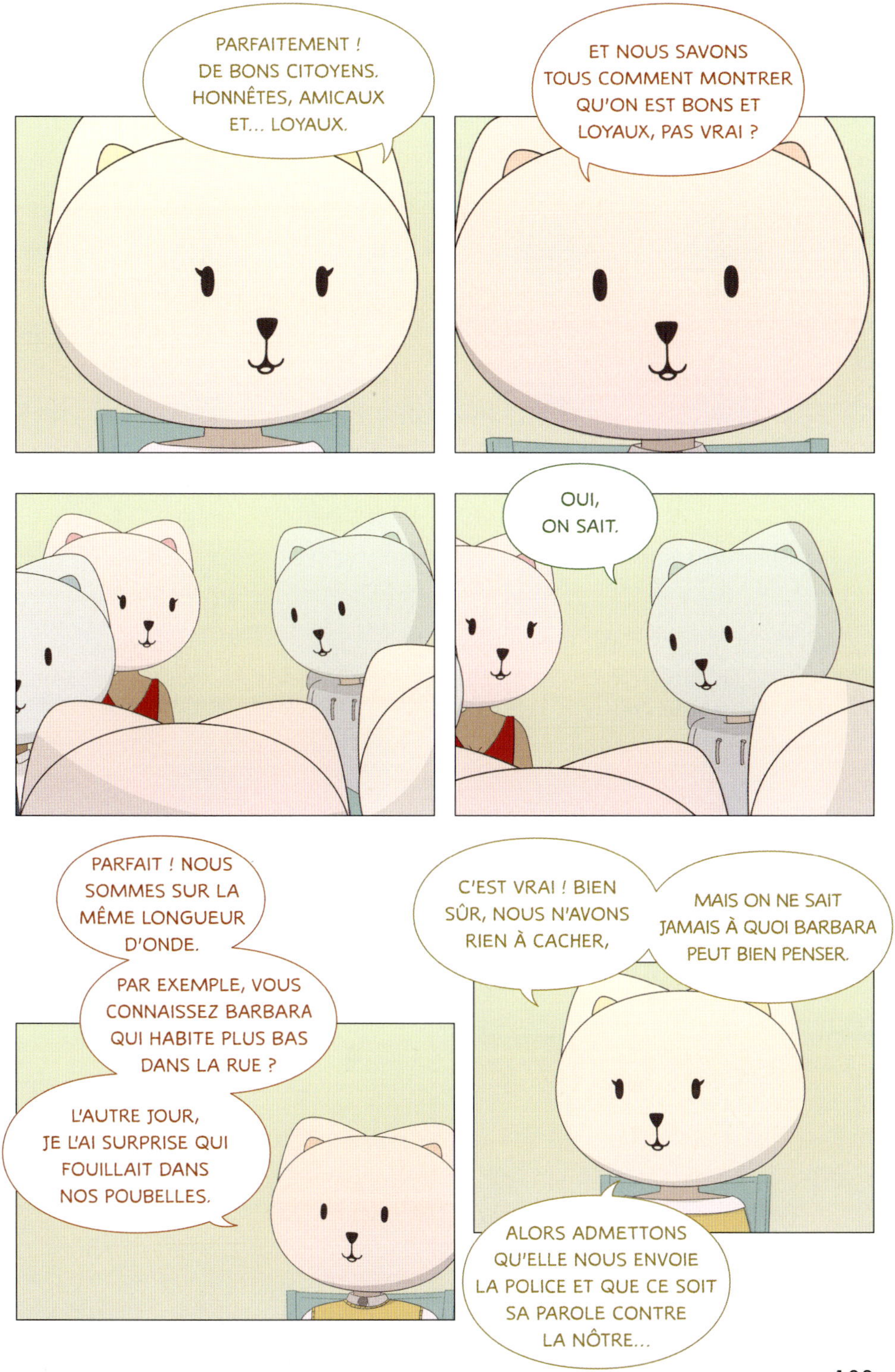
PARFAITEMENT ! DE BONS CITOYENS. HONNÊTES, AMICAUX ET... LOYAUX.
ET NOUS SAVONS TOUS COMMENT MONTRER QU'ON EST BONS ET LOYAUX, PAS VRAI ?
OUI, ON SAIT.
PARFAIT ! NOUS SOMMES SUR LA MÊME LONGUEUR D'ONDE.
PAR EXEMPLE, VOUS CONNAISSEZ BARBARA QUI HABITE PLUS BAS DANS LA RUE ?
L'AUTRE JOUR, JE L'AI SURPRISE QUI FOUILLAIT DANS NOS POUBELLES.
C'EST VRAI ! BIEN SÛR, NOUS N'AVONS RIEN À CACHER,
MAIS ON NE SAIT JAMAIS À QUOI BARBARA PEUT BIEN PENSER.
ALORS ADMETTONS QU'ELLE NOUS ENVOIE LA POLICE ET QUE CE SOIT SA PAROLE CONTRE LA NÔTRE...

TU VEUX QU'ON VOUS SOUTIENNE.
PARFAITEMENT, CHARLIE !
BIEN ENTENDU, LINDA ET MOI FERIONS DE MÊME POUR VOUS.
ET SI NOUS VEILLONS AINSI LES UNS SUR LES AUTRES,
IL SERA PLUS FACILE POUR NOUS D'ALLER À LAKEVIEW TOUS ENSEMBLE.
NE SERAIT-CE PAS MAGNIFIQUE ?
QU'EN PENSEZ-VOUS ?
EST-CE QUE TOUS LES TROIS,

VOUS VOUS JOINDRIEZ À NOUS ?

JE PENSE POUVOIR PARLER POUR MAGGIE ET MOI EN VOUS DISANT QUE C'EST... BRILLANT.
JE N'AIME PAS PLUS QUE VOUS CES AFFAIRES LOUCHES. EN GROUPE, NOUS SERONS PLUS FORTS.
HEUREUSE DE L'ENTENDRE, SAM.
ET... TOI, CHARLIE, QU'EN PENSES-TU ?

D'ACCORD.
MERVEILLEUX ! JE SAVAIS QU'ON POUVAIT COMPTER SUR VOUS.
MAINTENANT, QUI VEUT DU DESSERT ?
EXCUSEZ-MOI, JE VAIS EMPRUNTER VOTRE SALLE DE BAINS.

CHÉRIE, JE CROIS QUE WINSTON VEUT SORTIR.

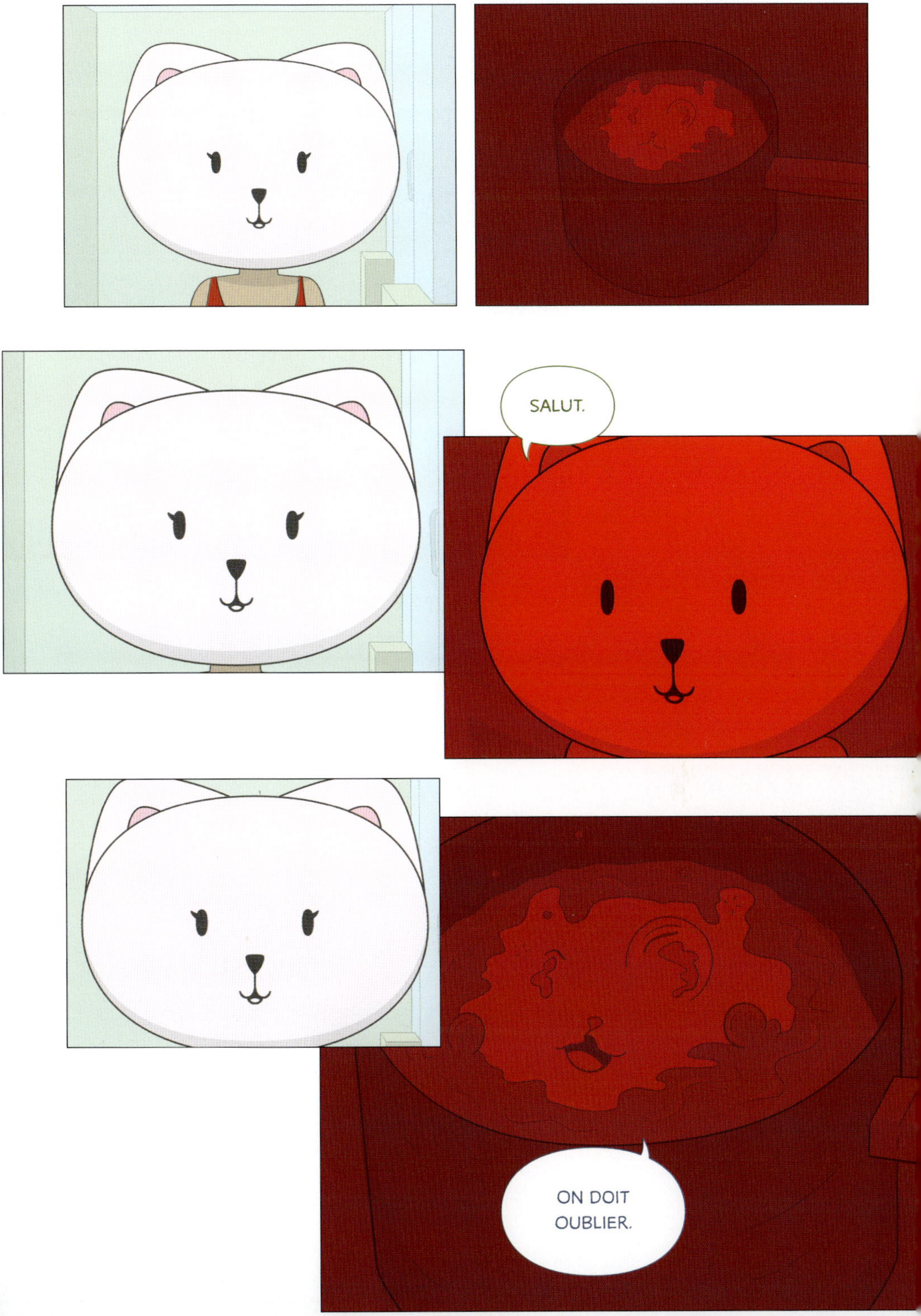
SALUT.
ON DOIT OUBLIER.

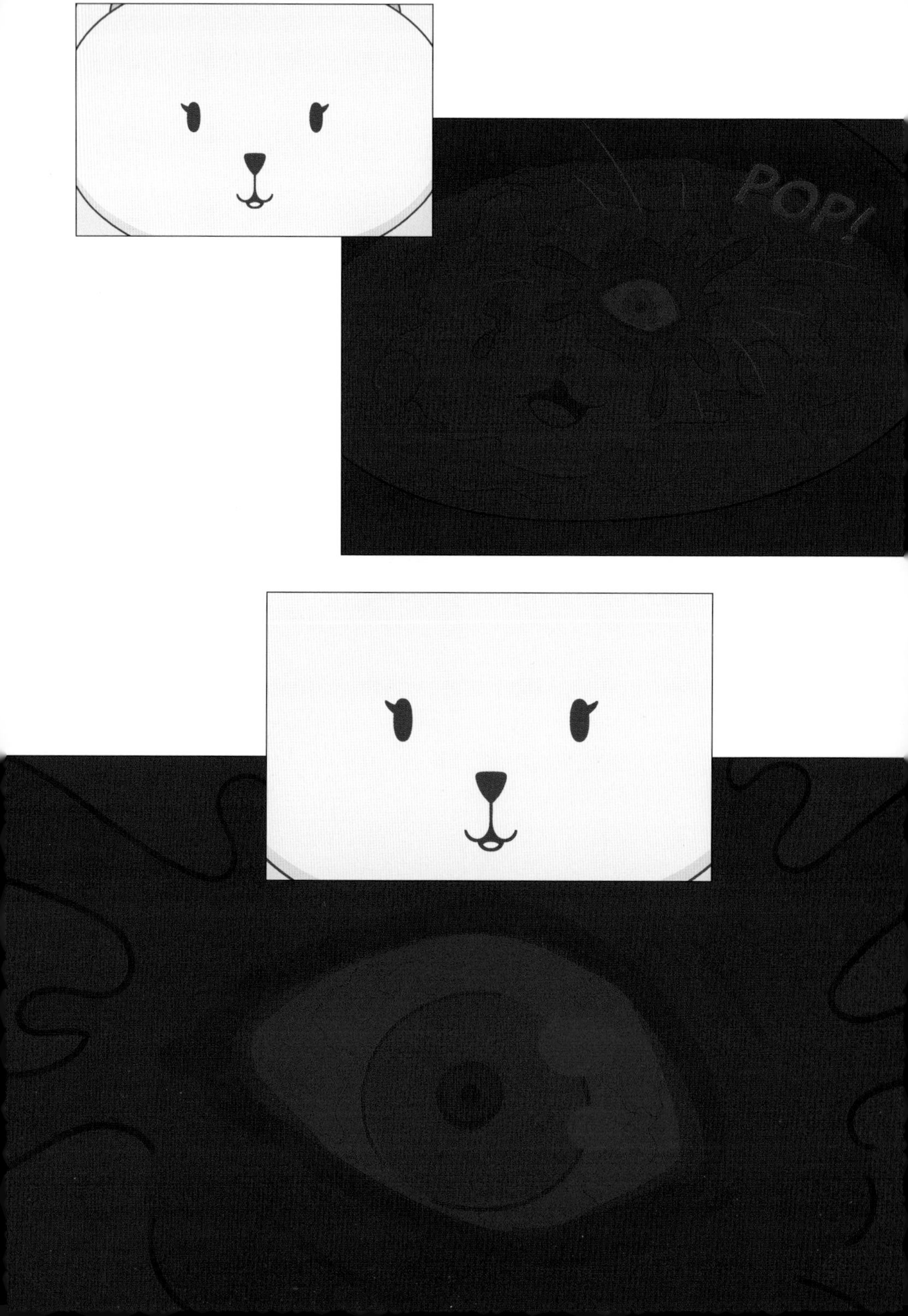
POP!

KNOCK
KNOCK
UNE MINUTE !
C'EST LIBRE !
MAGGIE,
TU AIMES LES TRAINS ?

LES TRAINS ? EUH...
TU M'AVAIS DIT QUE TU AIDAIS TON PÈRE AVEC SES PETITS TRAINS.
AH OUI, C'EST VRAI !
PFIOU, JE N'Y AVAIS PAS PENSÉ DEPUIS LONGTEMPS.
JE T'EN AI PARLÉ LE JOUR OÙ TU AS EMMÉNAGÉ, C'EST ÇA ?
OUI. TU NOUS AS VUS TRANSPORTER NOS TRAINS DE LA VOITURE À L'INTÉRIEUR.
TU AVAIS DIT QUE TON PÈRE TE LAISSAIT PEINDRE LES DÉCORS.

OUI ! JE PEIGNAIS L'HERBE EN ROSE ET LES MOUTONS EN VIOLET.
ET LUI PEIGNAIT LES TRAINS EN ORANGE POUR QUE ÇA AILLE ENSEMBLE.
DU COUP, JE ME DEMANDAIS SI ÇA T'INTÉRESSERAIT DE VOIR LES MIENS ?
JE VIENS DE RÉCUPÉRER UN FLAMING APOLLO. C'EST COMME...
OUI, OUI, JE LE CONNAIS, CELUI-LÀ !
BIEN SÛR, CHARLIE, SAM ET MOI SERIONS RAVIS DE LES VOIR !

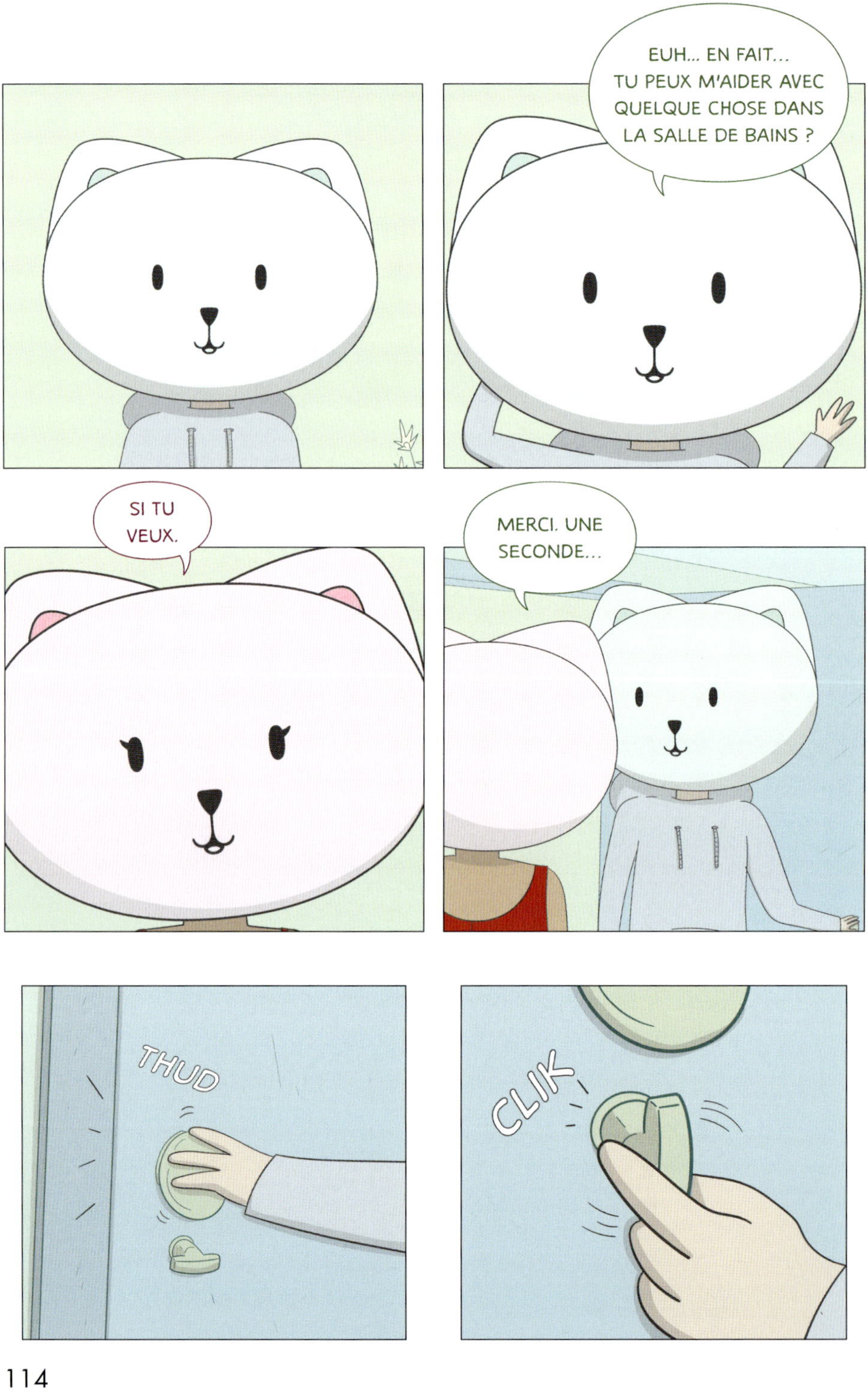
EUH... EN FAIT...
TU PEUX M'AIDER AVEC QUELQUE CHOSE DANS LA SALLE DE BAINS ?
SI TU VEUX.
MERCI. UNE SECONDE...
THUD
CLIK

EN FAIT, JE VOUDRAIS QUE TU VIENNES SEULE.
OH.
JE TRAVAILLE DE NUIT, DONC TU POURRAIS VENIR EN JOURNÉE. DISONS... DEMAIN ?
EH BIEN...
TU SAIS QUOI ? D'ACCORD.

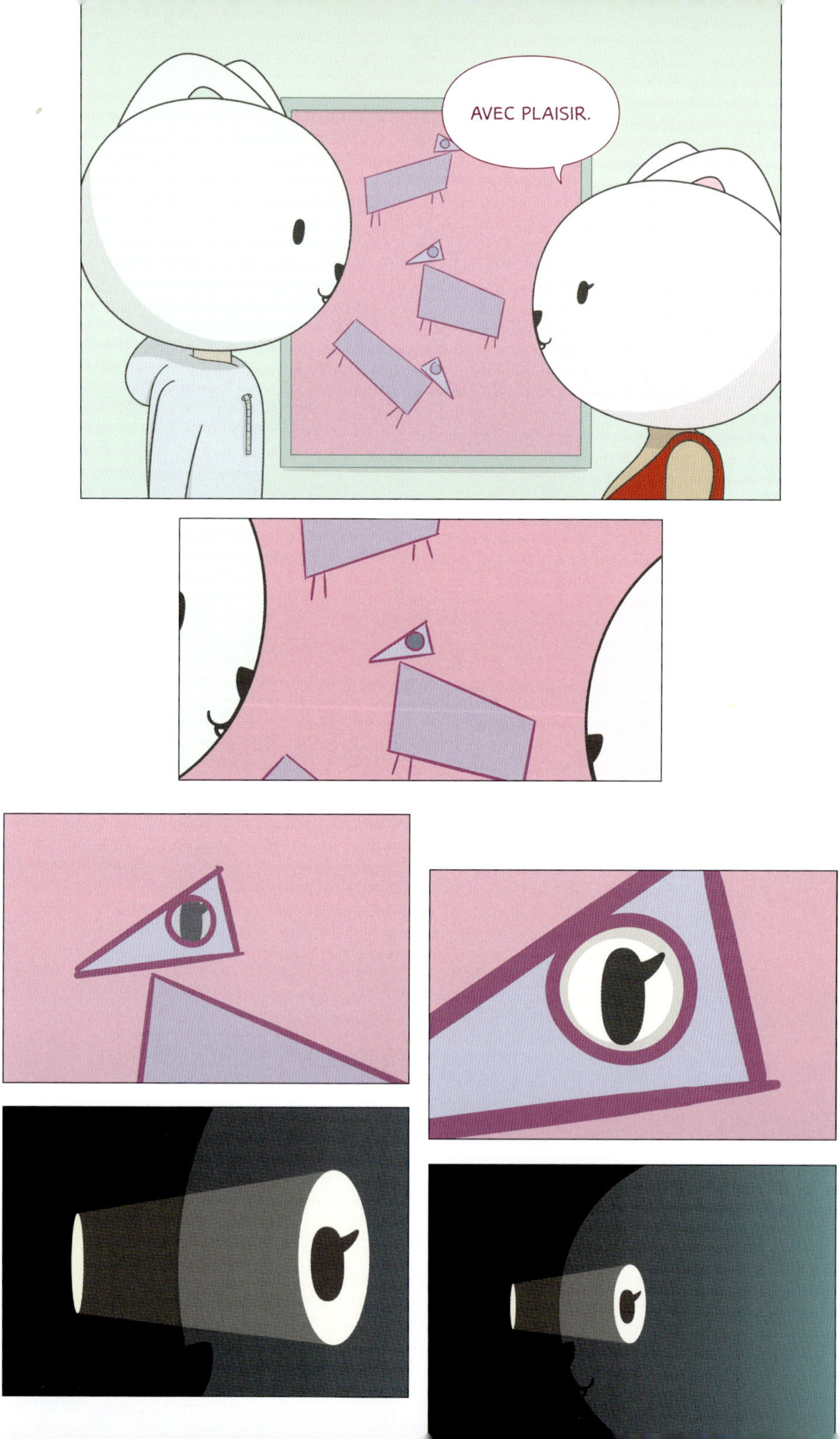
AVEC PLAISIR.

MINCE ALORS, QUELLE SUPERBE SOIRÉE !
MERCI POUR L'INVITATION, ON S'EST BEAUCOUP AMUSÉS !
NON, MERCI À VOUS D'ÊTRE VENUS !
IL FAUDRA REFAIRE ÇA BIENTÔT !
CHARLIE, JE TE VOIS ESSAYER DE T'ÉCHAPPER !
RETOUR À LA CAVE, C'EST ÇA ?

JE SUIS SÛRE QUE TES TRAINS SE PORTENT BIEN SANS TOI !
JE N'EN DOUTE PAS.
SALUT, LINDA, SALUT, TOUT LE MONDE. À LA PROCHAINE.
BYE, CHARLIE !!!
À PLUS.

ON FERAIT MIEUX D'Y ALLER !
LA PROCHAINE FOIS SE PASSERA PEUT-ÊTRE À LAKEVIEW ET ON DÎNERA SUR UN BATEAU !
BONNE IDÉE ! RAVI DE TE SAVOIR « À BORD » !
TES BLAGUES ME DONNENT LE MAL DE MER, BOBBY !
TU N'IMAGINES PAS À QUEL POINT J'AI HÂTE QU'ON S'Y RETROUVE, SAM !
PAS VRAI, CHÉRIE ?

OH QUE OUI !
QUELQUE CHOSE ME DIT...
QU'ON Y SERA PLUS VITE QUE PRÉVU.

PARTIE SIX

VOIX DE FER

2:59
BEEP
BEEP
BEEP
CLIK
2:60
AH,
QUELLE BELLE
JOURNÉE !

MERCI POUR LE PETIT DÉJEUNER, MA CHÉRIE !
JE T'EN PRIE !
PASSE UNE BONNE JOURNÉE ET N'OUBLIE PAS TON DÉJEUNER !
VROOOM

DING-DONG
MAGGIE, TU ES VENUE.
BONJOUR À TOI AUSSI, CHARLIE !
JE PEUX ENTRER ?
BIEN SÛR, ENTRE.
AH, J'AI TELLEMENT HÂTE DE VOIR CES TRAINS !
LES TRAINS ? AH, OUI, BIEN SÛR.

C'EST CHARMANT, CHEZ TOI.
HA HA, OUAIS. C'EST LE MOT.
VIENS, L'ACCÈS À LA CAVE EST PAR LÀ.

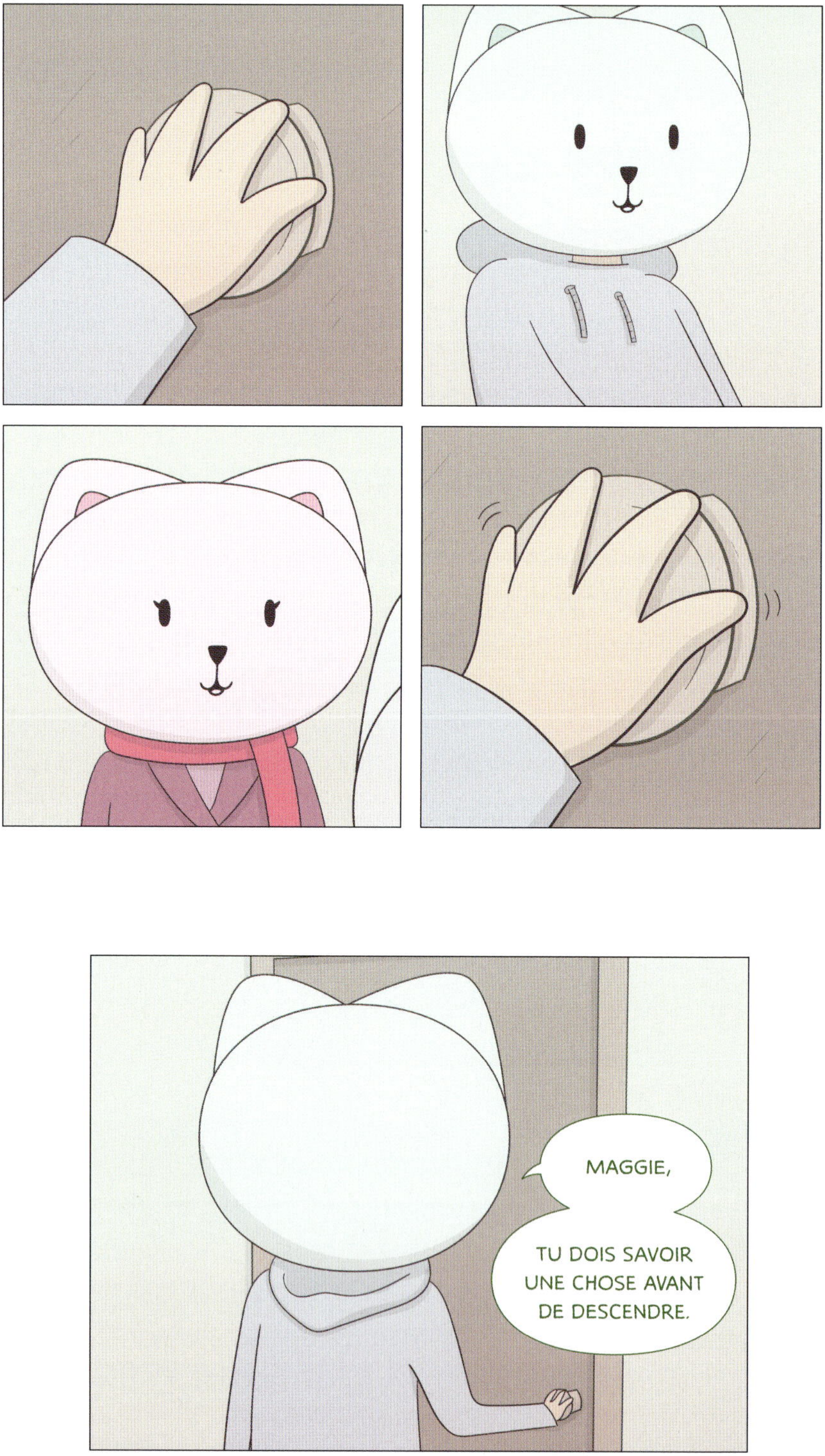
MAGGIE,
TU DOIS SAVOIR UNE CHOSE AVANT DE DESCENDRE.

MA CAVE, MES TRAINS... ÇA FAIT... BEAUCOUP.
ÇA POURRAIT TE DÉCONTENANCER.
TU POURRAIS AVOIR ENVIE DE FUIR.
J'AI BESOIN QUE TU ME FASSES CONFIANCE ET QUE TU RESTES.
JUSTE, LAISSE-MOI T'EXPLIQUER UNE FOIS EN BAS,
D'ACCORD ?
D'ACCORD.
BON. MERCI.
CREEEEK

DING-DONG
DING-DONG
DING-DONG
DING-DONG
EUH... JE NE PENSAIS PAS... TU ATTENDS QUELQU'UN D'AUTRE ?
NON.

BONJOUR ?
BIEN LE BONJOUR !
CHARLIE, C'EST BIEN ÇA ?
COMMENT ALLEZ-VOUS, MONSIEUR ?
BONJOUR, MONSIEUR L'AGENT. C'EST BIEN MOI.
JE VAIS TRÈS BIEN, MERCI. ET VOUS-MÊME ?

ÉGALEMENT, MERCI !
JE PEUX ENTRER ?
À VRAI DIRE, JE...
BIEN ENTENDU, MONSIEUR L'AGENT. JE VOUS EN PRIE.

MERCI BIEN !
ET S'IL VOUS PLAÎT, APPELEZ-MOI TOM.
VOUS AVEZ UNE MAISON CHARMANTE.
ET JE VOIS QUE VOUS ÊTES EN BONNE COMPAGNIE !
EST-CE VOTRE FEMME, CHARLIE ?
NON, MONSIEUR, C'EST MON AMIE, MAGGIE.
ELLE HABITE EN FACE.
BONJOUR, MONSIEUR.
IL FAIT UN TEMPS MAGNIFIQUE AUJOURD'HUI, N'EST-CE PAS ?
ENCHANTÉ, MADAME. VOUS POUVEZ LE DIRE.

ET JE VOUS EN PRIE, APPELEZ-MOI TOM, TOUS LES DEUX.
Y A-T-IL QUELQU'UN D'AUTRE ICI, CHARLIE ?
NON.

DANS CE CAS, NOUS POUVONS DISCUTER UN PEU ?
BIEN SÛR, MONSI... TOM, PARDON.
MAGGIE S'APPRÊTAIT À PARTIR.
PAS VRAI, MAGGIE ?

AH NON, VOUS RESTEZ, MADAME.
ON NE M'ÉCHAPPE PAS SI FACILEMENT.

CHARLIE,
J'AI UNE QUESTION
TRÈS IMPORTANTE
POUR VOUS.
RÉFLÉCHISSEZ-Y
PRUDEMMENT,
PARCE QUE VOTRE
RÉPONSE SERA TOUT
AUSSI IMPORTANTE.

QU'Y A-T-IL DANS LA CAVE, CHARLIE ?

QU'Y A-T-IL DANS LA CAVE, CHARLIE ?
JE... JUSTE MES TRAINS. JE COLLECTIONNE DES MODÈLES RÉDUITS.
DES TRAINS. D'ACCORD.
JE PEUX VOIR VOTRE CAVE, CHARLIE ?
MAGGIE N'A RIEN À VOIR AVEC ÇA.

QUOI ?
CHARLIE...
JE VOUS JURE, ELLE N'Y EST POUR RIEN !
JE SAIS BIEN, CHARLIE. JE SAIS BIEN.
ELLE PEUT PARTIR ?
OH, ABSOLUMENT PAS.

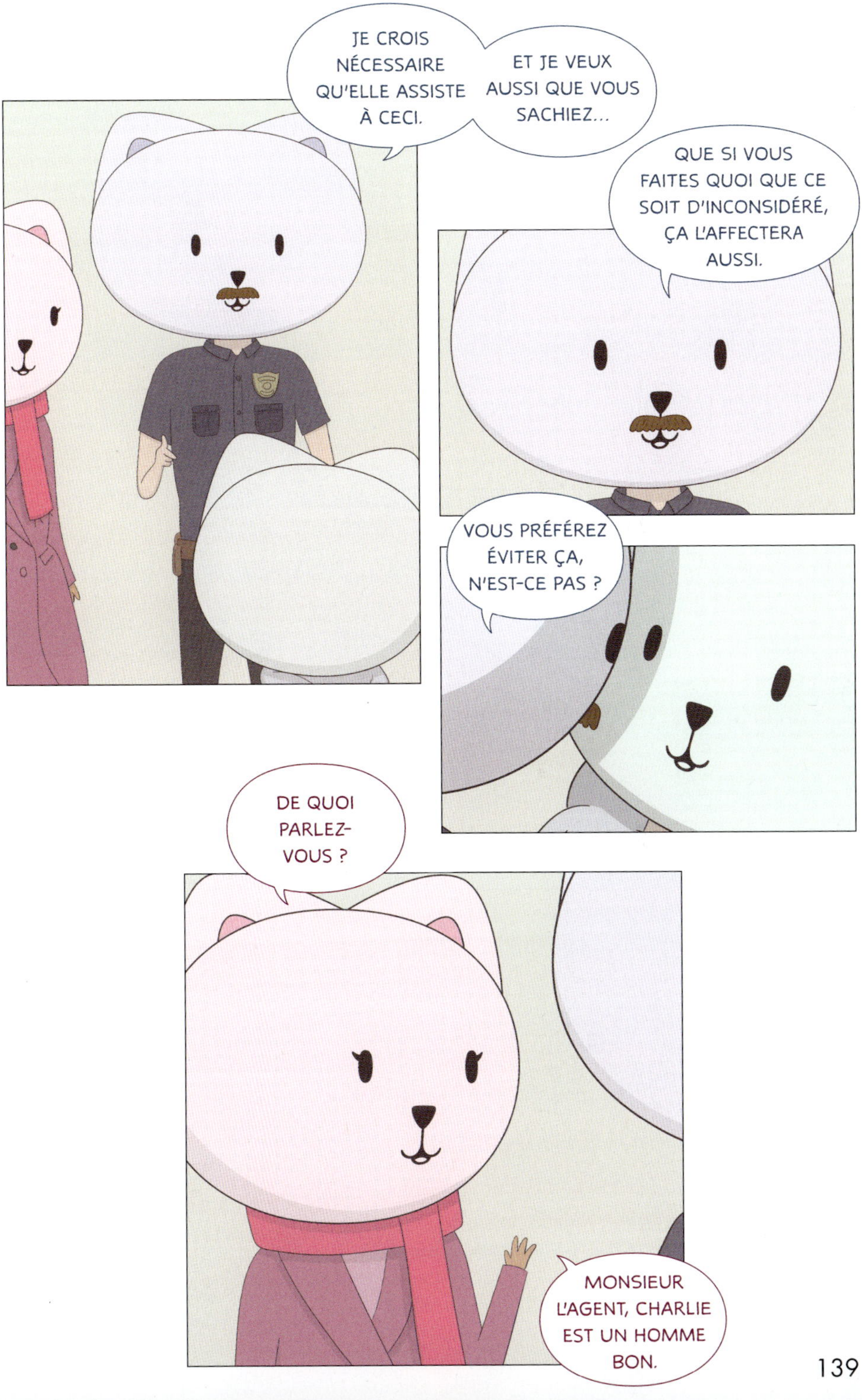
JE CROIS NÉCESSAIRE QU'ELLE ASSISTE À CECI.
ET JE VEUX AUSSI QUE VOUS SACHIEZ...
QUE SI VOUS FAITES QUOI QUE CE SOIT D'INCONSIDÉRÉ, ÇA L'AFFECTERA AUSSI.
VOUS PRÉFÉREZ ÉVITER ÇA, N'EST-CE PAS ?
DE QUOI PARLEZ-VOUS ?
MONSIEUR L'AGENT, CHARLIE EST UN HOMME BON.

QUOI QU'IL PUISSE SE TROUVER DANS SA CAVE...
EXCUSEZ-MOI, MADAME,
VOUS AI-JE DONNÉ LA PAROLE ?
ET ENCORE UNE FOIS. S'IL VOUS PLAÎT, APPELEZ-MOI TOM.
MAINTENANT, PATIENTEZ ICI...
PENDANT QUE JE JETTE UN ŒIL À LA CAVE.

CHARLIE, QUE SE PASSE-T-IL ?
MAGGIE, JE T'EN PRIE, NE DIS RIEN.
JE SUIS DÉSOLÉ. TU NE DEVRAIS PAS ÊTRE LÀ.
CHARLIE...
QUOI QU'IL ADVIENNE, ON VA S'EN SORTIR,
D'ACCORD ?

IL DOIT Y AVOIR UNE ERREUR, N'EST-CE PAS ?
HEIN ?
MAGGIE,
QUAND CE SERA TERMINÉ, IL FAUDRA QUE TU OUBLIES.
NE SOIS PAS COMME MOI.

EH BIEN, C'EST QUELQUE CHOSE !
ET VOUS NE SAVEZ PAS DU TOUT CE QU'IL Y A LÀ-DEDANS, MADAME ?
J... JE N'EN AI AUCUNE IDÉE.
TRÈS BIEN. IL FAUT QUE ÇA RESTE COMME ÇA.
QUANT À VOUS, CHARLIE...
S'IL VOUS PLAÎT, VOUS N'AVEZ PAS À FAIRE ÇA !

AH, SI SI.
C'EST COMME ÇA QUE ÇA SE PASSE.
CHARLIE HARRIS, RÉSIDENCE 3-9-8 DU QUARTIER 1-4-7-D,
L'ÉTAT VOUS DÉCLARE COUPABLE DE COMPLOT VISANT À SABOTER LE BON FONCTIONNEMENT DE NOTRE SOCIÉTÉ.
QUOI ? CHARLIE NE FERAIT JAMAIS...

MADAME, DERNIER AVERTISSEMENT.
TAISEZ-VOUS OU VOUS SEREZ AUSSI DÉCLARÉE COUPABLE.
VOUS SAVEZ CE QUE ÇA SIGNIFIE.

JE DISAIS DONC...
CHARLIE HARRIS, RÉSIDENCE 3-9-8 DU QUARTIER 1-4-7-D.
L'ÉTAT VOUS DÉCLARE COUPABLE DE COMPLOT VISANT À SABOTER LE BON FONCTIONNEMENT DE NOTRE SOCIÉTÉ.
À PARTIR DE MAINTENANT, VOUS ÊTES...
SUR LISTE ROUGE.

VOUS DEVEZ ÉVACUER VOTRE DOMICILE ET N'ÊTES PLUS AUTORISÉ À PARLER OU INTERAGIR AVEC LES CITOYENS.
TOM, JE VOUS EN PRIE, ÉCOUTEZ-MOI. VOUS POUVEZ FAIRE SEMBLANT.
LE NON-RESPECT DE VOTRE SENTENCE ENTRAÎNERA DES RÉPERCUSSIONS SUR VOS VOISINS,
COMME MAGGIE, ICI PRÉSENTE,
ET LES METTRONT AUSSI SUR LISTE ROUGE.
S'IL VOUS PLAÎT !! IL DOIT Y AVOIR UNE AUTRE SOLUTION !

NE BOUGEZ PLUS !
NE FAITES RIEN D'INCONSIDÉRÉ, CHARLIE.
PITIÉ !! JE VOUS EN SUPPLIE ! VOUS N'ÊTES PAS OBLIGÉ DE FAIRE ÇA !
FAITES SEMBLANT ! COMME S'IL NE S'ÉTAIT RIEN PASSÉ !
ELLE S'APPELLE CHARLOTTE, TOM !!

JE SUIS DÉSOLÉ, CHARLIE.
IL N'Y A PAS DE RETOUR EN ARRIÈRE.
Résident
Charlie Harris
Groupe sanguin
O+
Résidence
Maison 398
Taille
188 cm
Quartier
147-D
Poids
81,6 kg
Âge
36
Statut : Normal
Âge
36
TAP
Changer le statut au rouge ?
Oui
Non
TAP
Changer le statut au rouge
Oui
Non

NON ! OH MON DIEU !!
CHÉRIE, NOOOOON !!!!

NON...
NOOOOON
NON...
NON..

SUR CE, MADAME,
VOUS POUVEZ Y ALLER.

PARTIE SEPT

NE M'OUBLIE PAS

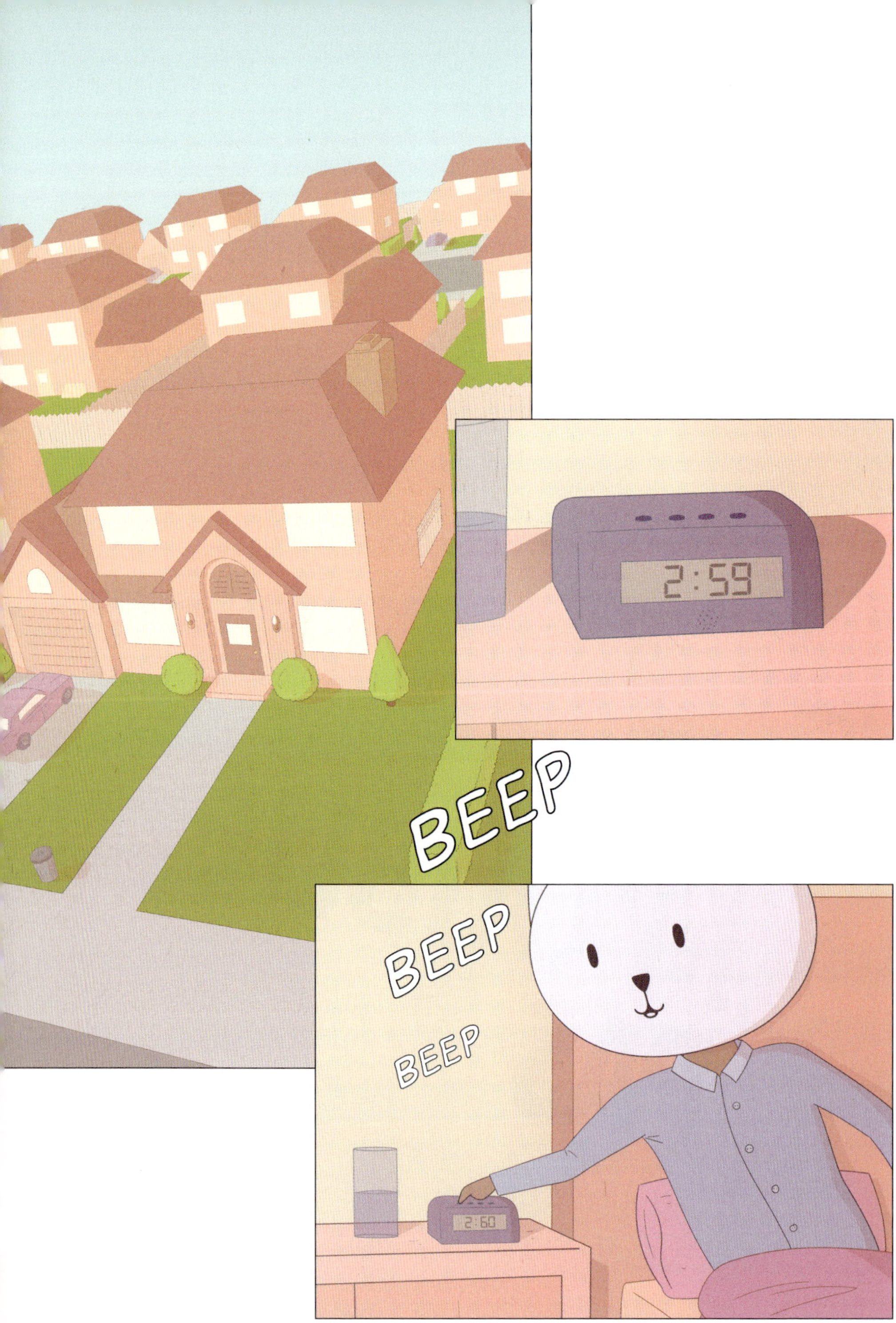
2:59
BEEP
BEEP
BEEP
2:60

AH, QUELLE BELLE JOURNÉE !
ENCORE UNE GRASSE MATINÉE, CHÉRIE ?
NE T'EN FAIS PAS, JE DEVIENS DOUÉ POUR ME FAIRE À MANGER.

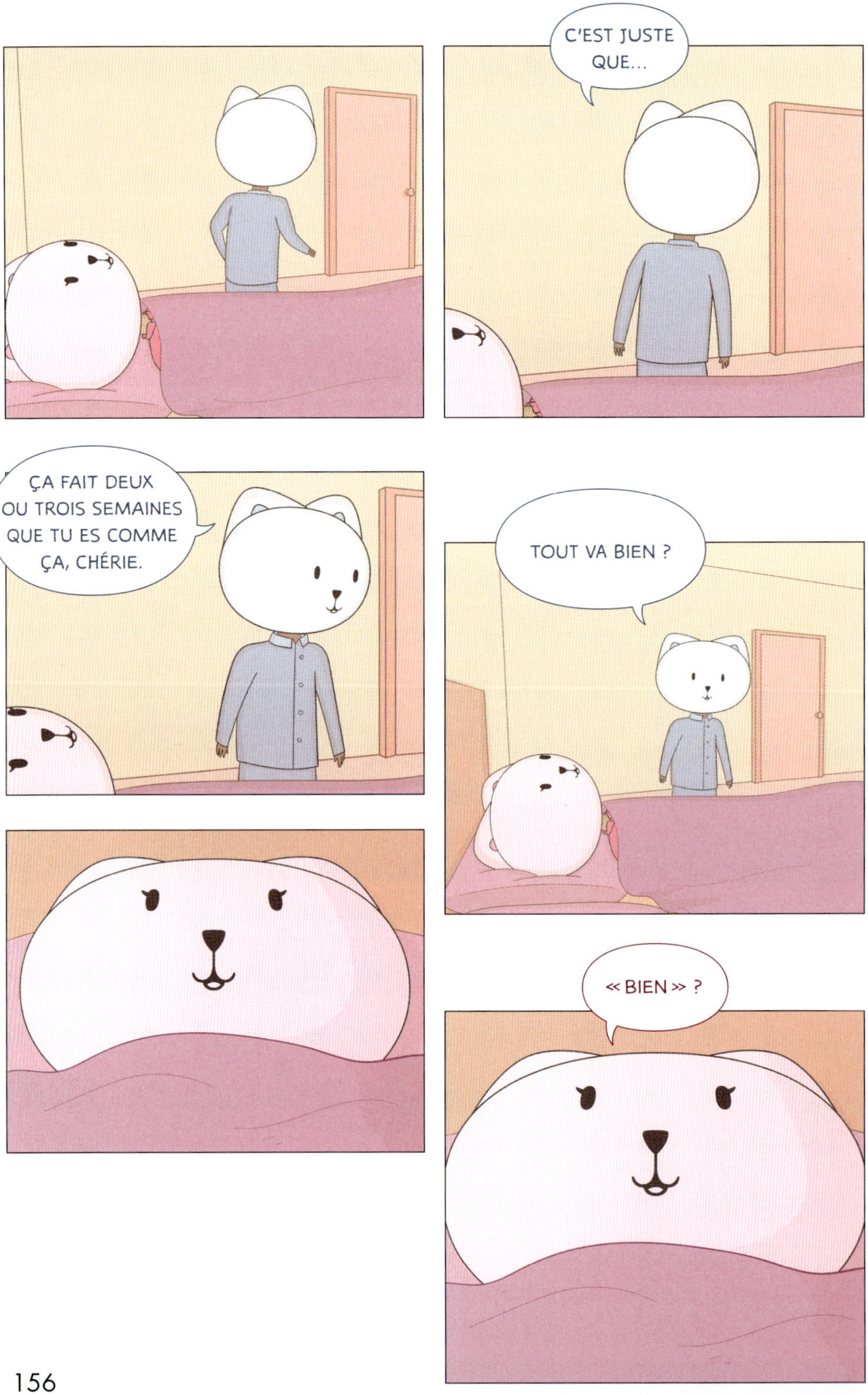
C'EST JUSTE QUE...
ÇA FAIT DEUX OU TROIS SEMAINES QUE TU ES COMME ÇA, CHÉRIE.
TOUT VA BIEN ?
« BIEN » ?

BON, JE VOIS QUE TU AS BESOIN D'ESPACE.
JUSTE... DIS-MOI SI TU AS BESOIN DE PARLER.
BISOUS, MA CHÉRIE !
SOUPIR

s s S S S s
s S S S S S S

OUBLIE.

PITIÉ !
JE VOUS EN SUPPLIE !!
VOUS N'ÊTES PAS OBLIGÉ DE FAIRE ÇA !!

RÉFLÉCHISSEZ À CE QUE VOUS FAITES !!
ELLE S'APPELLE...
OUBLIE.
CHARLOTT

WINSTON

WINSTON
OUBLIE !
OUBLIE !

ツナ
TOMATE
OUBLIE !
THON
TOMATE
OUBLIE !

HA.
HA HAHA.
AAH HA HA!!!
OUBLIE.
OUBLIE.
OUBLIE !
OUBLIE !!
OUBLIIIIIIE !!!!!

PARTIE HUIT
DENTS DE CROCODILE

OUBLIE.

SALUT, VOISINE !
TU... EUH... TU PARLES AUX OISEAUX, MAGGIE ?

OH, SALUT, LINDA. TOUT À FAIT, JE PROFITE DE CETTE SUPERBE JOURNÉE !
ET TOI, COMMENT VAS-TU ?
MIEUX QUE JE NE LE MÉRITE !
MAIS JE T'AI INTERROMPUE ! QU'EST-CE QUE TU DISAIS ?
« OUBLIE » ?
QU'EST-CE QUE TU DOIS OUBLIER ?
EH BIEN... TU SAIS QUOI ? JE NE SAIS MÊME PLUS ! HA HA HA !!
ET TOI... C'EST POUR QUOI, TOUS CES CARTONS ?

AH, JE NE PEUX PLUS LE CACHER !
BOB ET MOI DÉMÉNAGEONS À LAKEVIEW !
ON DÉPLACE LES PREMIERS CARTONS AUJOURD'HUI,
ET DANS QUELQUES SEMAINES, ON SERA PARTIS POUR DE BON !
EH BIEN ! PILE COMME VOUS L'ESPÉRIEZ !
COMMENT VOUS AVEZ FAIT ?
J'IMAGINE QU'ON A EU DE LA CHANCE !
NE SOIS PAS MODESTE, LINDA. TU PEUX ME LE DIRE !

ÇA N'A RIEN À VOIR AVEC CHARLIE, J'ESPÈRE ?
MAGGIE...
JE NE CONNAIS PERSONNE DE CE NOM-LÀ.

TU ES SÛRE DE NE PAS CONFONDRE ?
HA HA ! MINCE ! TU AS RAISON, EXCUSE-MOI.
BON, C'ÉTAIT SYMPA DE TE VOIR, MAGGIE !
POUR MOI AUSSI, LINDA. POUR MOI AUSSI.

OUBLIE.
OUBLIE.

TIENS, TIENS, TIENS.
UN VISAGE FAMILIER.

COMMENT ALLEZ-VOUS EN CETTE BELLE JOURNÉE, MAGGIE ?
MAGGIE ?

UN AGENT VIENT DE VOUS POSER UNE QUESTION.
JE VAIS TRÈS BIEN, TOM. ET VOUS ?

RAVI DE L'ENTENDRE ! QUEL TEMPS MAGNIFIQUE NOUS AVONS, AUJOURD'HUI.
C'EST VRAI.
AH, ÇA OUI. J'ADORE CE PARC, ET VOUS ?
MOI AUSSI.

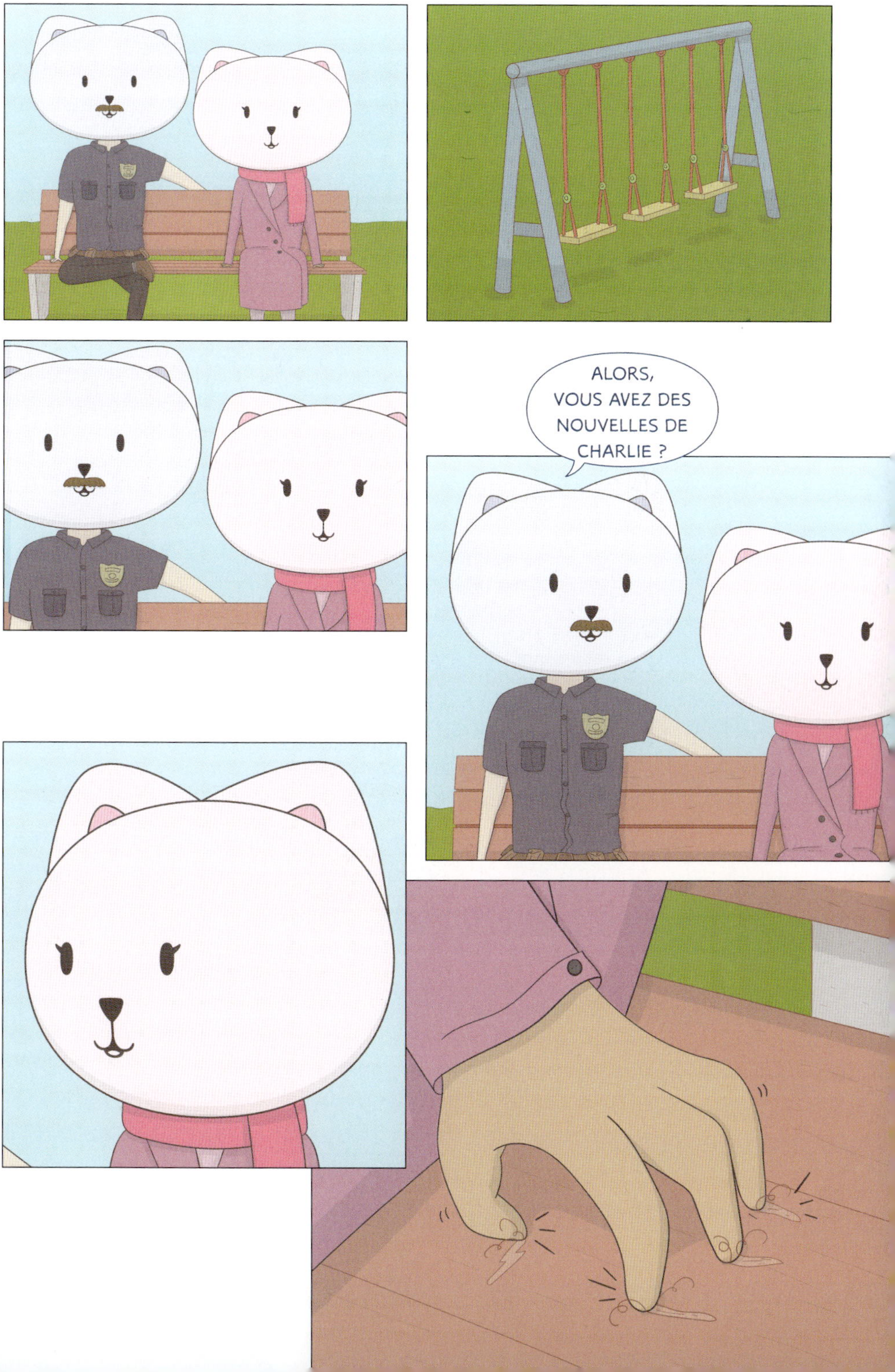
ALORS, VOUS AVEZ DES NOUVELLES DE CHARLIE ?

JE NE CONNAIS PERSONNE DE CE NOM.
HA HA, J'AI DÛ ME TROMPER.
BON, AU REVOIR, MAGGIE.

À TRÈS BIENTÔT.

JE NE CONNAIS PERSONNE DE CE NOM.
OUBLIE.

OUBLIE.

QUAND CE SERA TERMINÉ, IL FAUDRA QUE TU OUBLIES.
OUI ! OUBLIE !
NON !

ON DOIT OUBLIER.
JE... J'ESSAIE ! OUBLIE !!
NON !!

NON ! OUBLIE ! OUBLIE ! OUBLIE !
BUMP
UH ?
CHÉRIE...

POURQUOI,
MAGGIE ?
POURQUOI ?

MAGGIE.
À TRÈS
BIENTÔT.

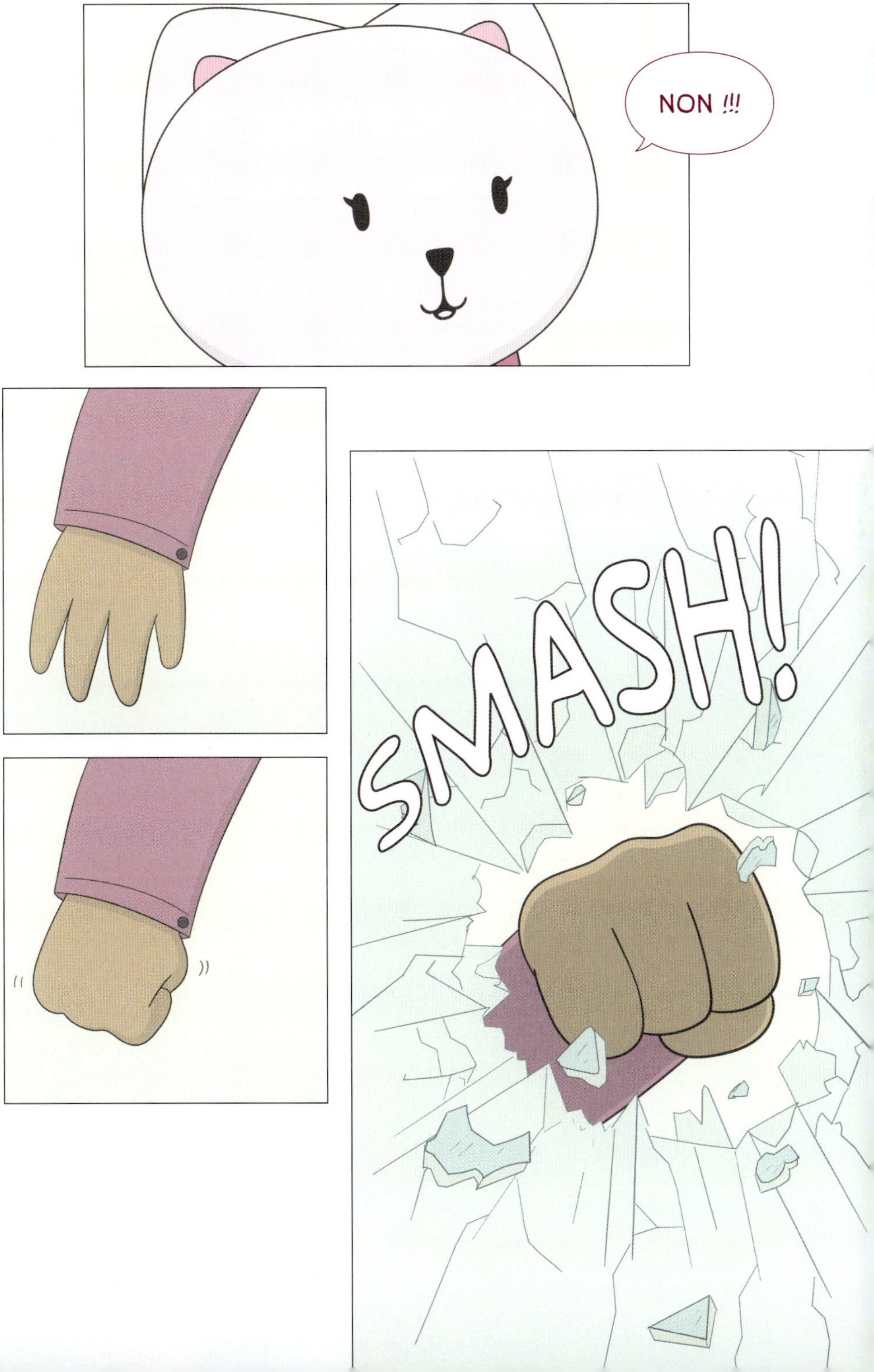
NON !!!
SMASH!

⇋SNIF⇋ JE... JE NE PEUX PLUS...
JE N'EN PEUX PLUS...

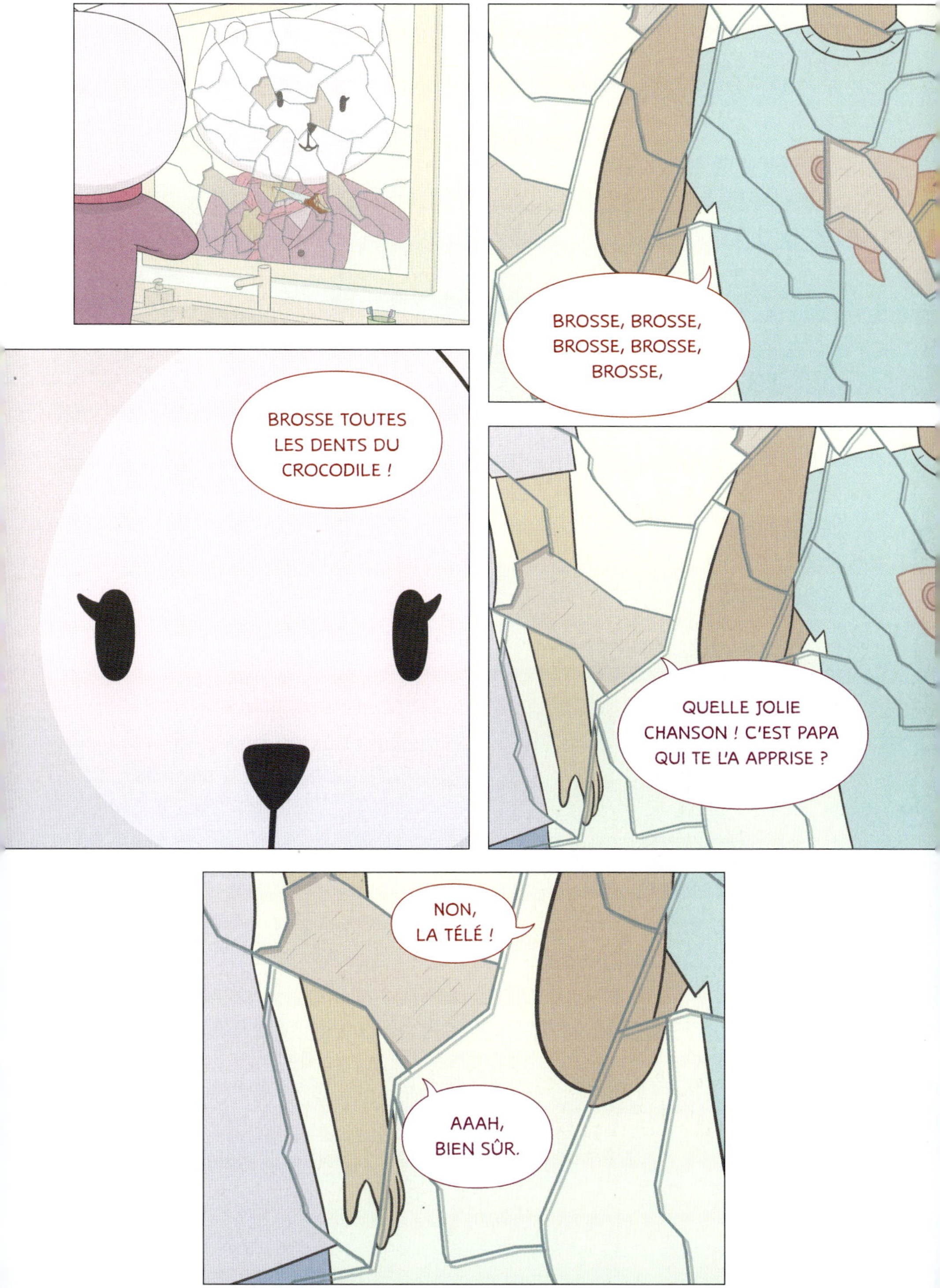
BROSSE TOUTES LES DENTS DU CROCODILE !
BROSSE, BROSSE, BROSSE, BROSSE, BROSSE,
QUELLE JOLIE CHANSON ! C'EST PAPA QUI TE L'A APPRISE ?
NON, LA TÉLÉ !
AAAH, BIEN SÛR.

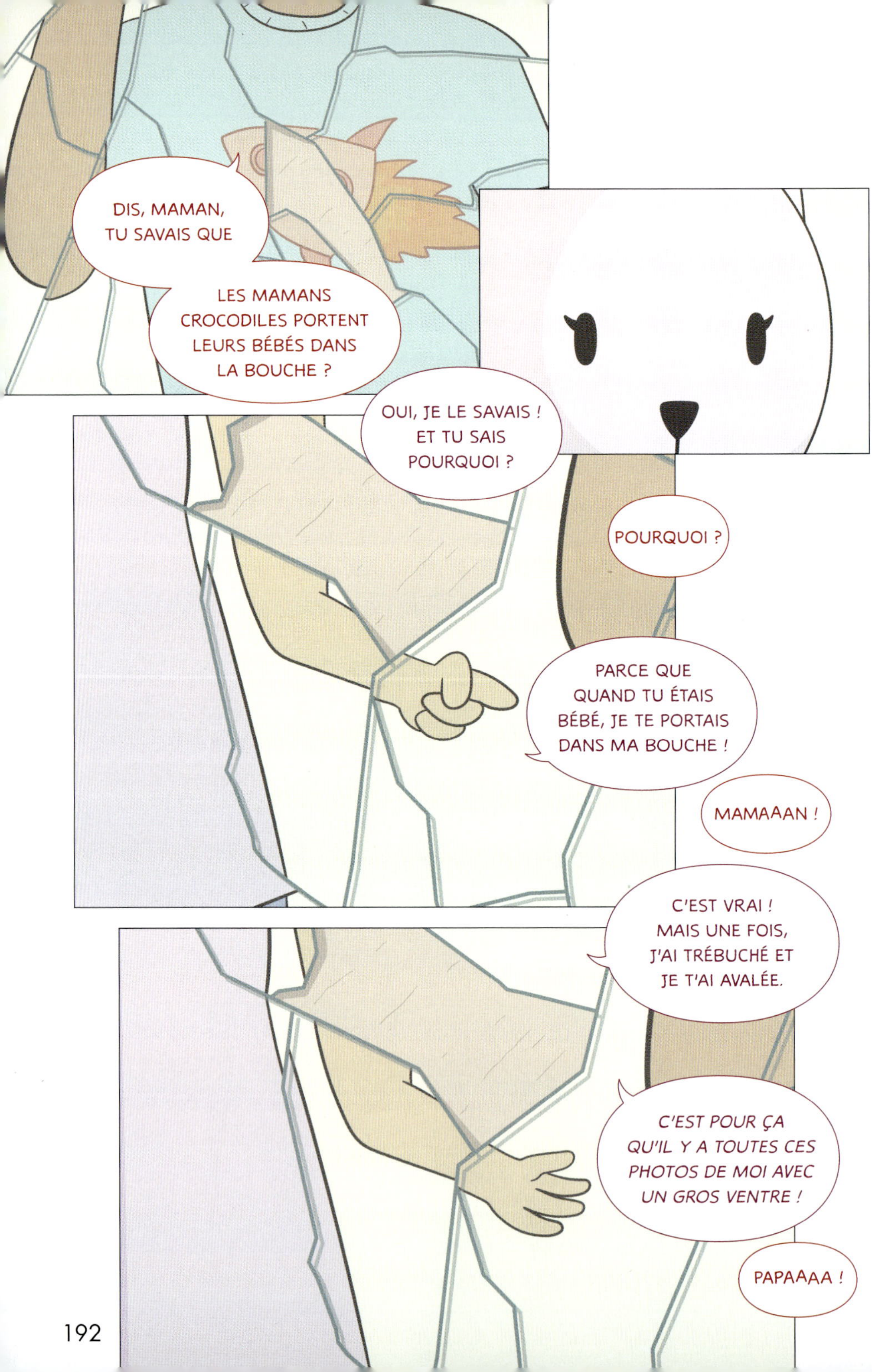
DIS, MAMAN, TU SAVAIS QUE
LES MAMANS CROCODILES PORTENT LEURS BÉBÉS DANS LA BOUCHE ?
OUI, JE LE SAVAIS ! ET TU SAIS POURQUOI ?
POURQUOI ?
PARCE QUE QUAND TU ÉTAIS BÉBÉ, JE TE PORTAIS DANS MA BOUCHE !
MAMAAAN !
C'EST VRAI ! MAIS UNE FOIS, J'AI TRÉBUCHÉ ET JE T'AI AVALÉE.
C'EST POUR ÇA QU'IL Y A TOUTES CES PHOTOS DE MOI AVEC UN GROS VENTRE !
PAPAAAA !

QU'EST-CE QU'IL Y A, MA PUCE ?
MAMAN DIT QU'ELLE M'A MANGÉE QUAND J'ÉTAIS BÉBÉ !
C'EST VRAI !
C'EST POUR ÇA QU'IL Y A TOUTES CES PHOTOS D'ELLE AVEC UN GROS VENTRE !
PAPAAAA !
HA HA HA
HA HA
HAHA HA

MAGGIE.
CH...
CHARLIE.
TU... TU N'ES PAS...
TOUJOURS DANS TA TÊTE.

JE T'AI DEMANDÉ D'OUBLIER, NON ?
J'AI ESSAYÉ, VRAIMENT.
MAIS... JE NE VEUX PLUS.
BON, ALORS IL EST TEMPS.
TEMPS DE QUOI ?
TU LE SAIS. VIENS.

CHARLIE, JE...
JE SUIS DANS TA TÊTE, MAGGIE. INUTILE DE DÉBATTRE.
C'EST TA DÉCISION.
DO NOT CRO
POLICE LINE DO NOT CRO
POLICE

TOUT CE QUE JE PEUX TE DIRE, PARCE QUE TU LE SAIS DÉJÀ,
C'EST QU'UNE FOIS EN BAS,
IL N'Y AURA PAS DE RETOUR EN ARRIÈRE POSSIBLE.

MAGGIE, JE NE PEUX PAS ALLER PLUS LOIN.
SI TU ES SÛRE QUE C'EST CE QUE TU VEUX,
ALORS LES CHOSES VONT REDEVENIR BIEN RÉELLES.
QU'Y A-T-IL EN BAS ?
TU T'EN DOUTES DÉJÀ.
TU NE VIENS QUE LE CONFIRMER, PAS VRAI ?
OUI...

ET APRÈS ?
CLIK

CLIK
trains

HMM...
NON... NON...

SKREECH

IL DOIT Y AVOIR AUTRE CHOSE.
APOLLO
AH !

FLAMING
APOLLO
FLAMING
APOLLO
1/76 Model
FLAMING
APOLLO

QUE...
UNE SECONDE,
IL Y A QUELQUE
CHOSE, LÀ...

CHARLOTTE
CHARLOTTE

SCIENCE
101

CE
SCIENCE 101
CAGE DE FARADAY
La cage de Faraday, inventée par Michael Faraday en 1863, est une structure qui empêche les champs électromagnétiques d'entrer ou d'en affecter le contenu.
La cage est normalement constituée
e grillage ou tou
Faraday chez vous en vo
de papier d'aluminium.
uvrez l'intérieur de la boîte
couvre entièrement l'intérie

TU AVAIS RAISON...

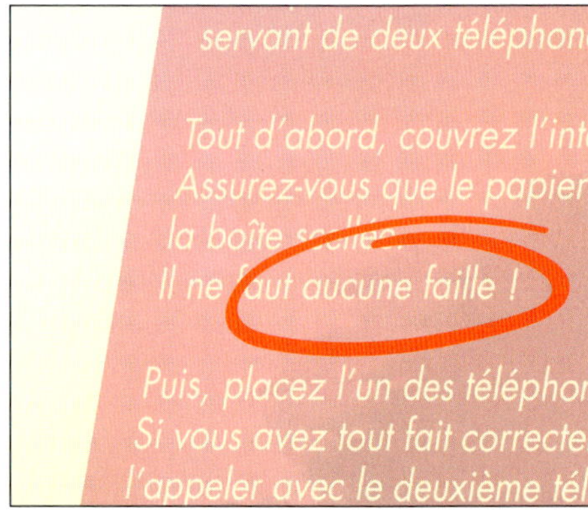
servant de deux téléphone
Tout d'abord, couvrez l'inté
Assurez-vous que le papier
la boîte
Il ne faut aucune faille !
Puis, placez l'un des téléphon
Si vous avez tout fait correcten
l'appeler avec le deuxième télé

AUCUN RETOUR EN ARRIÈRE POSSIBLE.
CAGE DE FARADAY
La cage de Faraday, inventée par Michael Faraday en 1863, est une structure qui empêche les champs électromagnétiques d'entrer ou d'en affecter le contenu.
La cage est normalement consti de grillage ou tout autre matériau conducteur. Lorsque des cha ps électriq es comme des ondes radio touchent la cage, le matéria conduct propage la charge électrique autour d'elle, empêchant le pénétrer l'enceinte de celle-
Elle est souvent utilisée pour protéger les équipements éle ensibles en bloquant toute fréquence radio extern Elles aus pour protéger les gens et l'équipement des co triques que la foudre, étant donné que s de son contenu
Ça marche !!!
L'essayer chez vous !
Vous pouvez créer une cage de Faraday chez vous en vous servant de deux téléphones, d'une boîte et de papier d'aluminium.
Tout d'abord, couvrez l'intérieur de la boîte d'aluminium.
Assurez-vous que le papier recouvre entièrement l'intérieur une fois la boîte
Il ne aut aucune faille !
Puis, placez l'un des téléphones à l'intérieur et fermez la boîte.
Si vous avez tout fait correctement, lorsque vous essaierez de l'appeler avec le deuxième téléphone, l'appel ne passera pas !
C'est parce que la cage arrête le signal.

PARTIE NEUF

ESSAYEZ À LA MAISON

ACHÈTE-TOUT

ACHÈTE-TOUT
DIVERS
E - F
ACHÈTE-TOUT
DIVERS
A - B

HMM...
PLUS D'ALUMINIUM.
EXCUSEZ-MOI.
BONJOUR. DÉSOLÉE DE VOUS DÉRANGER, VOUS RESTE-T-IL DE L'ALUMINIUM EN RÉSERVE ?
EUH... NON.
DÉSOLÉ.

VOUS POURRIEZ TOUT DE MÊME VÉRIFIER, S'IL VOUS PLAÎT ?
JE SUIS DÉSOLÉ, MADAME. NOUS... EUH... N'EN AVONS PLUS.
MAIS VOUS POURRIEZ...
MADAME, ÉCOUTEZ-MOI. NOUS N'EN AVONS PLUS.
DÉSOLÉ.
PASSEZ UN BON MOMENT À ACHÈTE-TOUT !

ACHÈTE-TOUT
BONJOUR !
BONJOUR ! VOUS PRÉPAREZ UNE DINDE ?

PARDON ?
AH, DÉSOLÉE. JE M'APPELLE JUDY.
J'AI VU QUE VOUS CHERCHIEZ DE L'ALUMINIUM. IL N'Y EN A PLUS, HEIN ?
OH... OUI.
POURQUOI EN AVEZ-VOUS BESOIN ?
POUR... OUI, PRÉPARER UNE DINDE.

QUELLE TAILLE ?
EUH... DE TAILLE NORMALE.
JE VAIS REFORMULER. ELLE FAIT QUELLE SURFACE ?
EUH... DÉSOLÉE, JE DOIS...

IL Y A DES GENS QUI AIMENT LES DINDES DE PETITE SURFACE,
MAIS MOI, JE LES PRÉFÈRE ASSEZ GRANDES, PAS VOUS ?
MAINTENANT QUE VOUS LE DITES.
VOILÀ. ET DU COUP, COMME JE LES AIME GRANDES,
J'AI BESOIN D'ASSEZ D'ALUMINIUM POUR ÇA. DE QUOI COUVRIR 110M².
JE VOIS. JE DIRAIS QUE MA DINDE DOIT BIEN FAIRE... 80 OU 90M².
D'ACCORD. EH BIEN, JE PENSE POUVOIR VOUS AIDER. VENEZ.

KLIK
WHOOSH
OUAH.
ALUMINIUM
ALUMINIUM
ALUMINIUM
ALUMINIUM
ALUMINIUM
ALUMINIUM
ALUMINIUM

IL DOIT Y EN AVOIR ASSEZ POUR VOUS, LÀ-DEDANS.
90M^2, LA DINDE N'EST PAS TROP GRANDE.
PRENEZ TOUT ÇA ET JE VOUS DONNE MON NUMÉRO AU CAS OÙ IL VOUS EN FAUT PLUS.
MERCI BEAUCOUP... COMBIEN JE VOUS DOIS ?
NE VOUS EN FAITES PAS POUR ÇA.
QUOI ? NON, J'Y TIENS.
VOUS NE M'AVEZ PAS DIT VOTRE NOM, MON AMIE.
MAGGIE.

EH BIEN, MAGGIE, RAVIE DE VOUS CONNAÎTRE !
VOYEZ ÇA COMME UN CADEAU POUR CÉLÉBRER NOTRE AMITIÉ. ET PEUT-ÊTRE…
QUE VOUS ME RENDREZ LA PAREILLE UN JOUR.
BIEN SÛR, VOLONTIERS !
PARFAIT. ALLEZ, PORTONS TOUT ÇA À VOTRE VOITURE.

MERCI BEAUCOUP, JUDY.
IL N'Y A PAS DE QUOI. JUSTE,
SOYEZ PRUDENTE, D'ACCORD ?

JE FERAI DE MON MIEUX. VOUS AVEZ DES CONSEILS POUR... RÔTIR CETTE DINDE ?
L'IMPORTANT, C'EST DE BIEN LA SCELLER.
UNE COUCHE DEVRAIT SUFFIRE, MAIS VOUS SAUREZ VITE S'IL FAUT LA DOUBLER.
SURTOUT... RAPPELEZ-VOUS QUE LA CUISSON N'EST QU'UNE PARTIE DU TRAVAIL.
UNE FOIS CUITE, IL FAUDRA VOUS PRÉPARER...

À LA
DÉCOUPER.

MERCI ENCORE, JUDY.
IL FAUDRA QUE JE VOUS APPORTE UNE TOURTE !
OÙ VIVEZ-VOUS ?
CE N'EST PAS LA PEINE !
JE VOUS L'AI DIT, ÇA NE PRESSE PAS.
À LA PROCHAINE !
À LA PROCHAINE, ALORS ! BONNE JOURNÉE !

SLAM
THUD
KLIK
VROOOOOOOOM
SALUT, CHÉRIE !
QU'EST-CE QUE TU NOUS RAPPORTES LÀ ?
LAISSE, JE VAIS T'AIDER !

SAMMY ! C'EST GENTIL, IL Y EN A ENCORE DANS LA VOITURE.
JE M'EN OCCUPE ! C'EST... DE L'ALUMINIUM ?
EXACT !
ET... POURQUOI IL T'EN FAUT AUTANT ?
SECRET DE FEMME AU FOYER. DÉSOLÉE, SAMMY.
SI JE TE LE DISAIS, JE DEVRAIS TE TUER ! HA HA.

TOI ALORS ! D'ACCORD, JE NE FOUINERAI PAS PLUS.
TOUT EST DANS LE COFFRE ?
OUI ! MERCI, CHÉRI.
OÙ DOIS-JE TE DÉPOSER TOUT ÇA ?
AU SOUS-SOL, S'IL TE PLAÎT !
D'ACCORD...

BOBBY.
OUI, CHÉRIE ?
MAGGIE ET SAM ONT L'AIR D'AVOIR TROUVÉ UN... NOUVEAU CENTRE D'INTÉRÊT.
JE CROIS QU'ILS ONT ACHETÉ DES MODÈLES RÉDUITS. DE TRAINS.
OH, COMME CH... L'AUTRE ?
EXACTEMENT. JE CROIS QUE J'AI UN APPEL À PASSER.
LINDA... TU ES SÛRE DE CE QUE TU AS VU ?
ON VA DÉJÀ À LAKEVIEW.
OUI, BOBBY.
J'EN SUIS CERTAINE.

UNE SEMAINE PLUS TARD.

BAM
THUD
PARFAIT.

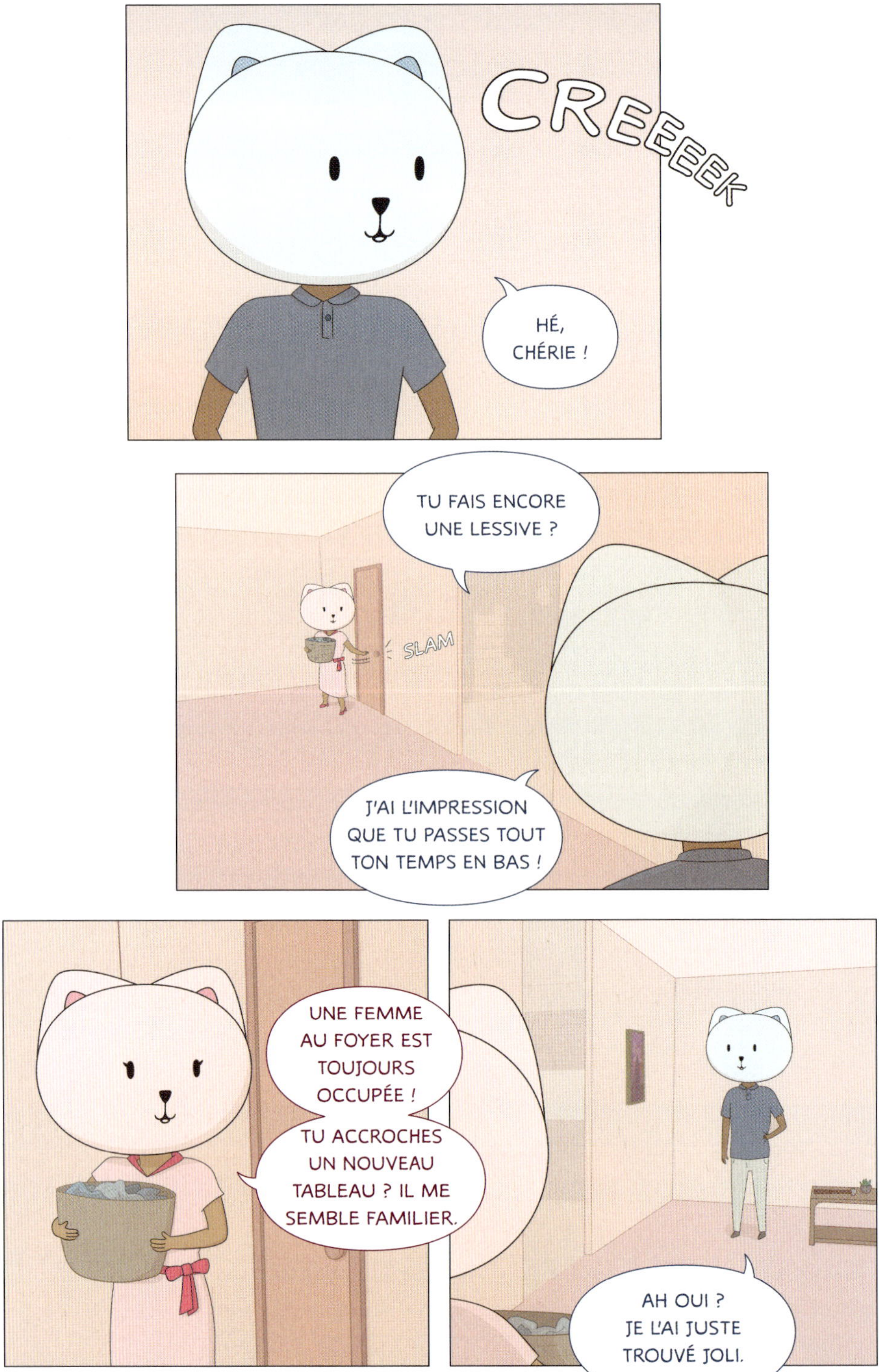
CREEEEK
HÉ, CHÉRIE !
TU FAIS ENCORE UNE LESSIVE ?
SLAM
J'AI L'IMPRESSION QUE TU PASSES TOUT TON TEMPS EN BAS !
UNE FEMME AU FOYER EST TOUJOURS OCCUPÉE !
TU ACCROCHES UN NOUVEAU TABLEAU ? IL ME SEMBLE FAMILIER.
AH OUI ? JE L'AI JUSTE TROUVÉ JOLI.

IL Y A VRAIMENT TANT DE LESSIVES À FAIRE ?
POURQUOI CETTE QUESTION ? BIEN ENTENDU.
C'EST… C'EST MON TRAVAIL, SAMMY.
OK… D'ACCORD.
TU SAIS QUOI ?

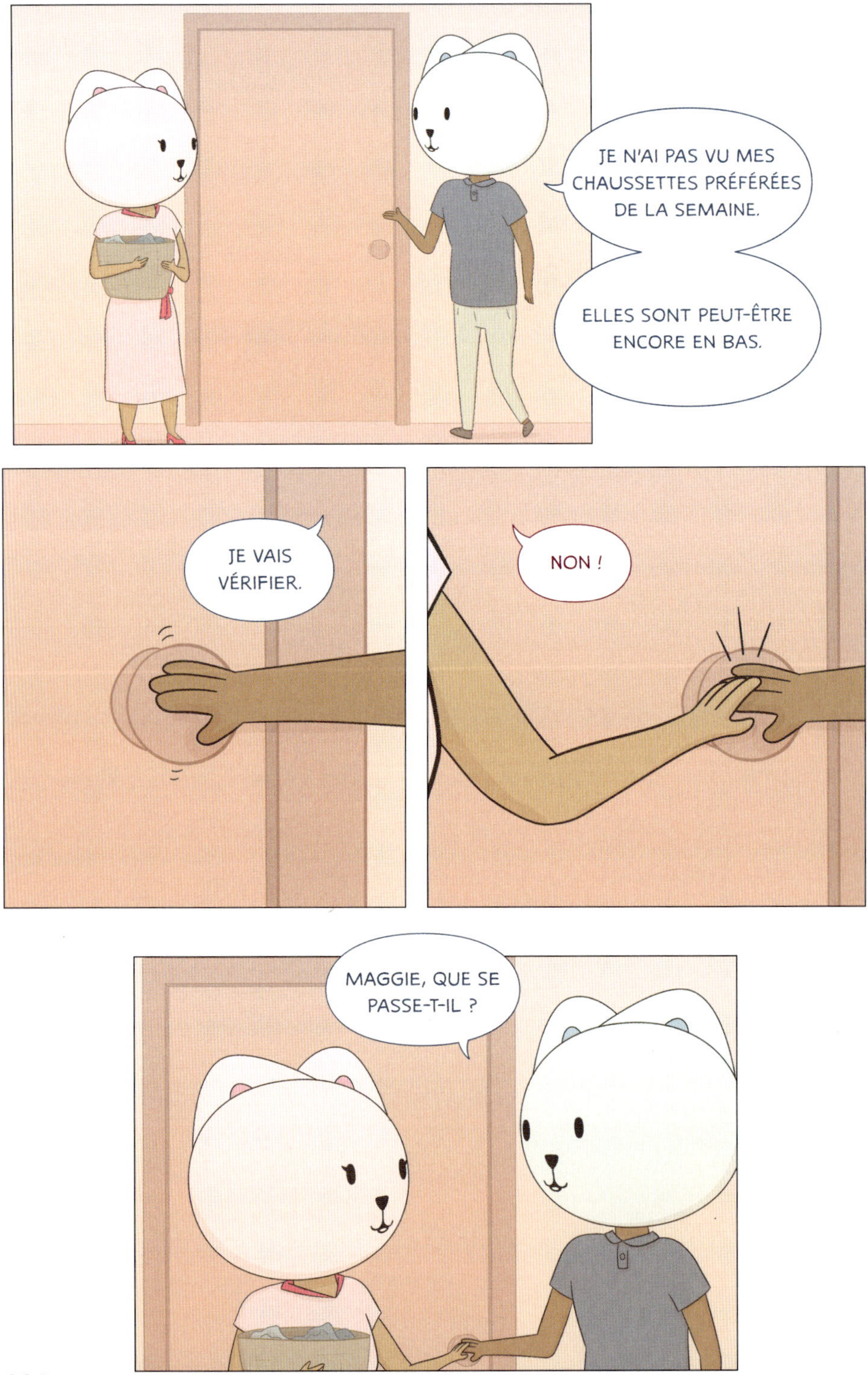
JE N'AI PAS VU MES CHAUSSETTES PRÉFÉRÉES DE LA SEMAINE.
ELLES SONT PEUT-ÊTRE ENCORE EN BAS.
JE VAIS VÉRIFIER.
NON !
MAGGIE, QUE SE PASSE-T-IL ?

QU'EST-CE QUI TE PREND ? LAISSE-MOI PASSER.
IL Y A TROP DE VÊTEMENTS, SAMMY. TU VAS TOUT DÉRANGER.
JE VAIS ALLER TE LES CHERCHER.
CHÉRIE, JE T'ASSURE QUE JE PEUX LES TROUVER MOI-MÊME !
SAMMY ! ATTENDS UNE MINUTE…
DING-DONG

LA SONNETTE ! TU ATTENDS QUELQU'UN ?
TU PEUX ALLER OUVRIR, SAMMY ?
BONJOUR ?
BIEN LE BONJOUR, MONSIEUR.
SAM, C'EST ÇA ?

OH ! BONJOUR, MONSIEUR L'AGENT !
AH NON, C'EST MON PÈRE QU'ON APPELAIT COMME ÇA !
APPELEZ-MOI TOM.
JE PEUX ENTRER ?

BIEN SÛR, MONS... JE VEUX DIRE... TOM. BIENVENUE CHEZ NOUS !
MERCI, C'EST FORT AIMABLE.
COMMENT VOUS PORTEZ-VOUS AUJOURD'HUI, SAM ?
J'AI LA PÊCHE, MERCI !
ET VOUS-MÊME ?
C'EST UNE BELLE EXPRESSION, J'AIME BIEN.
QUELLE CHARMANTE MAISON VOUS AVEZ. ET QUELLE CHARMANTE COMPAGNIE, AUSSI !
BONJOUR, MAGGIE.
BONJOUR, TOM.

IL EST BON DE VOUS REVOIR ! VOUS ALLEZ BIEN ?
TRÈS BIEN. MERCI, TOM.
J'IGNORAIS QUE VOUS VOUS CONNAISSIEZ !
OH QUE OUI ! NOUS AVONS PAPOTÉ DANS LE PARC, LA SEMAINE DERNIÈRE.
VRAIMENT ? C'EST VRAI QUE MAGGIE ADORE CE PARC. PAS VRAI, CHÉRIE ?
TOUT À FAIT.

BON ! JE VOIS QUE VOUS ÊTES OCCUPÉS, JE VAIS VOUS LAISSER.
JE N'AI QU'UNE CHOSE À VÉRIFIER D'ABORD. SAM, PUIS-JE…
JETER UN ŒIL À VOTRE CAVE ?

BIEN SÛR ! VENEZ, JE VOUS FAIS FAIRE LE TOUR DU PROPRIÉTAIRE !
ÇA TE CONVIENT, MAGGIE ?
OUI, ALLEZ-Y.
NE VOUS DONNEZ PAS CETTE PEINE, JE PEUX...
AH NON ! QUEL HÔTE TERRIBLE JE FERAIS !

KREEEEEEEEK
VOUS AVEZ UNE RAISON PARTICULIÈRE DE VOULOIR VOIR NOTRE CAVE ?
OH, SIMPLE CURIOSITÉ.

QU'IL FAIT SOMBRE, ICI... OÙ EST L'INTERRUPTEUR ?
AH, LE VOILÀ !
CLIK
HEIN ?

TIENS, TIENS, TIENS. QU'AVONS-NOUS LÀ, SAM ?
JE... C'EST... DE L'ALUMINIUM ?
JE NE SAIS PAS CE QUE ÇA SIGNIFIE, MAIS...
SLAM
CHÉRIE ?

MAGGIE, RÉFLÉCHISSEZ BIEN…

WOOOSH
KRAK!

SPLURT
OH MON DIEU !
UGH...

THUNK

AAAH... AAH... QU... QUE...
JE VEUX QUE VOUS LE SACHIEZ, TOM. MÊME AU TRAVERS DU MASQUE,
JE L'AI VU SUR VOTRE VISAGE.
NOUS SOMMES TOUS DANS LE MÊME BATEAU, MAIS RIEN NE NOUS OBLIGE À PROFITER DU VOYAGE
COMME VOUS LE FAITES.
N... NON... NOUS SOMMES P... PAREILS.
ILS... S'APPELLENT P... PETER... ET D... D... DAVEY...
LEURS NOMS ÉTAIENT CHARLOTTE ET CHARLIE.

CHÉRIE !
JE... J'OUBLIERAI ! N... NOUS...
NOUS POUVONS RETOURNER EN ARRIÈRE !!!
JE SUIS DÉSOLÉE, TOM.
PAS DE RETOUR EN ARRIÈRE.

AAAAAAAGH!!!
AAAAH!
SPLAT!
KRAK!

SPLAT!
KRAK!

HAN...
HAN...
HAN... HAN...
SAMMY...

IL FAUT QU'ON PARLE.

Everything is Fine a commencé comme une bande dessinée en noir et blanc sur WEBTOON Canvas avant d'être sélectionnée pour les WEBTOON Originals, et dans le cadre de cette transition, nous avons décidé d'ajouter de la couleur à la série. J'étais nerveux et ne pensais pas être assez bon, mais mon rédacteur de l'époque, H.B. Klein, m'a encouragé et m'a donné la confiance et les retours dont j'avais besoin. Ensemble, nous nous sommes aventurés vers le monde fabuleux du technicolor et maintenant, c'est ma partie préférée de la production !

Cela dit, je pense toujours que ces épisodes originaux possèdent un certain charme, et donc, pour vous remercier d'avoir acheté ce livre, j'ai pensé que vous aimeriez voir quelques-unes de ces images de l'époque monochrome. Il y a aussi la proto-proto-version du premier épisode avant que je ne revienne à la série et la remastérise après l'avoir laissée prendre la poussière pendant un an, ainsi que quelques épisodes « bonus » que j'ai créés pour attirer les gens sur mon Patreon, tels que « mode démoniaque », « mode sans tête » et « mode victorien ». À ce jour, je ne sais toujours pas si je n'aurais pas dû garder le mode victorien. Je vous laisse en juger. Profitez-en.

Mike

WEBTOON CANVAS ORIGINAL

WEBTOON CANVAS REMASTERED

ON DOIT OUBLIER.
AINSI, NOUS POURRIONS ALLER À LAKEVIEW TOUS ENSEMBLE. ON S'EN RAPPROCHERAIT.
QU'EN PENSEZ-VOUS ?

C'ÉTAIT PAS LA PEINE DE TE FAIRE TOUT BEAU !
JE L'AI PAS FAIT.
JE VOIS BIEN ! JE TE CHARRIE.
ENTRE, ASSIEDS-TOI !
JE TE SERS À BOIRE, CHARLIE ?
DE L'EAU, S'IL TE PLAÎT.
NOTÉ ! QUELQU'UN D'AUTRE ?
OUI, S'IL TE PLAÎT !
UN AUTRE VERRE D'EAU POUR MOI. JE CONDUIS POUR RENTRER, TOUT DE MÊME !
TU CONDUIS ? MAIS...
CONDUIRE POUR RENTRER !!!

NOUS AVONS BESOIN DE VOTRE AIDE.
ON SAIT QU'ON PEUT VOUS FAIRE CONFIANCE.
SI DES ARGOUSINS SONNENT À VOTRE PORTE À CAUSE DE BARBARA OU AUTRE,
DITES-LEUR QUE NOUS SOMMES DES PETITS PAINS BEURRÉS COMME VOUS.
ET PEUT-ÊTRE AUSSI... QUE VOUS AVEZ VU BARBARA AGIR DE MANIÈRE SUSPECTE.
NOUS NE SAVONS PAS EXACTEMENT CE QUI ADVIENDRA, MAIS NOUS DEVRIONS NOUS ASSISTER MUTUELLEMENT.
ET AINSI, NOUS SERONS BIENTÔT RÉUNIS À LAKEVIEW.
COMMENT ÇA SONNE À VOS ESGOURDES ?
EH BIEN, JE PENSE QUE JE PEUX PARLER POUR MAGGIE ET MOI QUAND JE DIS QUE ÇA SEMBLE ASTUCIEUX.
JE N'AIME PAS NON PLUS CES AFFAIRES LOUCHES, MAIS NOUS SERONS PLUS FORTS EN RÉUNION.

Pour Maman et Papa
qui ont fait de moi le geek que je suis.

Mike Birchall vit au Royaume-Uni.
Il a échoué à un concours de violon avec le diable et sa punition est de dessiner un milliard de têtes de chat.

Il fait également d'autres choses que vous pouvez trouver sur *mikebcomics.com*.